BIG LOURA

DOROTHY PARKER

Big Loura
E outras histórias de Nova York

3ª edição

Seleção, tradução e apresentação
Ruy Castro

Copyright © 1930, 1938, 1939, 1941, 1955 by Dorothy Parker
Publicado mediante acordo com Viking Penguin Inc.

Grafia atualizada segundo o Acordo Ortográfico da Língua Portuguesa de 1990, que entrou em vigor no Brasil em 2009.

Título original
The Portable Dorothy Parker

Capa
Alceu Chiesorin Nunes

Ilustração de capa
Alceu Penna (Facebook: @alceuppenna / Instagram: @alceu_penna)

Revisão
Carmen S. da Costa
Angela das Neves

Dados Internacionais de Catalogação na Publicação (CIP)
(Câmara Brasileira do Livro, SP, Brasil)

Parker, Dorothy, 1893-1967

 Big Loura : E outras histórias de Nova York / Dorothy Parker ; seleção, tradução e apresentação Ruy Castro. — 3ª ed. — São Paulo : Companhia das Letras, 2024.

 Título original: The Portable Dorothy Parker.
 ISBN 978-85-359-3626-1

 1. Contos norte-americanos I. Castro, Ruy. II. Título.

24-199480   CDD-813

Índice para catálogo sistemático:
1. Contos : Literatura norte-americana 813

Cibele Maria Dias - Bibliotecária - CRB-8/9427

Todos os direitos desta edição reservados à
EDITORA SCHWARCZ S.A.
Rua Bandeira Paulista, 702, cj. 32
04532-002 — São Paulo — SP
Telefone: (11) 3707-3500
www.companhiadasletras.com.br
www.blogdacompanhia.com.br
facebook.com/companhiadasletras
instagram.com/companhiadasletras
twitter.com/cialetras

Sumário

Apresentação: Crises de choro ou,
de preferência, risos — *Ruy Castro*, 7

A valsa, 17
Arranjo em preto e branco, 23
Os sexos, 29
Você estava ótimo, 35
O padrão de vida, 40
Um telefonema, 48
Primo Larry, 55
E aqui estamos!, 62
Diário de uma dondoca de Nova York, 74
Big Loura, 80
O último chá, 109
Nova York chamando Detroit, 115
Só mais uma, 120
A visita da verdade, 126
De noite, na cama, 135

Em função das visitas, 141
As brumas antes dos fogos, 154
Coração em creme, 173
Soldados da República, 184
Que pena, 190

Fontes dos textos, 205
Sugestões de leitura, 209

Apresentação

Crises de choro ou, de preferência, risos

Ruy Castro

Quando Dorothy Parker morreu, em Nova York, em 1967, aos 74 anos, houve quem se espantasse, não só com o tamanho dos obituários de primeira página que lhe foram dedicados pelos jornais americanos, como pelo quase absoluto desconhecimento de quem se tratava. Os poucos que se lembravam dela também já tinham morrido ou estavam com um pé na cova, ou não tinham uma exata dimensão do que ela representara na vida literária americana dos anos 1920 e 30 — a grande cronista de Nova York, a contista e poetisa que pesava cada palavra em ouro e com quem bastava trocar duas palavras para se receber três em troca, todas exatas e ferinas. Nem mesmo os seus poucos amigos sobreviventes daquela época imaginariam que ela teria uma feroz ressurreição a partir dos anos 1970. Dorothy Parker merece — e você também.

Ela foi a mais arrasadora personalidade feminina da Nova York do seu tempo, uma cidade que tinha cerca de trinta jornais diários, mais de dez revistas mensais e pilhas de semanários, todos influentes. Em diversos desses veículos, Dorothy Parker publicou contos, poemas e críticas (sulfúricas, para dizer o mínimo) sobre teatro e literatura. Até sua sombra era temida pelos que fingiam se levar a sério, ao passo que, ao contrário, era adorada pelos que fingiam *não* se levar a sério. Com seu 1,49 metro de altura, ela passava como um trator sobre todos que não merecessem o seu respeito e admiração, enquanto mantinha essas reservas de admiração e respeito, de preferência, para as mulheres da Nova York do seu tempo — presas a uma teia de industrialização, progresso, rápida mudança de costumes e inadaptação, enquanto ansiavam apenas pela manutenção dos grandes sentimentos "eternos" do passado. Dorothy era uma sentimental xiita.

Calma, não comecem a chorar — por enquanto. Dorothy Parker foi, certamente, a maior humorista americana de todos os tempos. E, como todo grande humorista, escrevia para ser levada a sério. O fato de fazer o leitor rir no decorrer de suas histórias não impede que a conclusão dessas histórias quase provoque convulsões de choro, pela sua compreensão da solidão, basicamente feminina, numa grande cidade. Mas também masculina. Embora fale quase sempre de mulheres, os homens que as rodeiam estão aprisionados pela mesma aranha. As inevitáveis gargalhadas que você dará ao ler estes contos são as mesmas que você poderia dar ao se olhar no espelho, nas suas melhores horas de *self-pity*.

Afinal, este é um livro trágico ou de humor? As duas coisas, só que batidas num liquidificador. Nossos tempos estão muito parecidos com os anos 1930, que é quando se passa a maioria das histórias de *Big Loura*. Em fases de depressão que se seguem a esperanças de euforia, ri-se para não chorar. Pensando bem, todo humor é amargo, como certos chocolates, ou não seria engraçado.

Os contos de Dorothy Parker foram publicados originalmente em revistas como *Vanity Fair*, *The New Yorker* e *Esquire*, naqueles anos 1920 ou 30 em que essas publicações provocavam torrentes de água na boca não só dos leitores, pelo que tinham a oferecer em qualidade, mas também dos escritores, que davam tudo para aparecer nelas. Eu disse *tudo*. Por estranho que pareça, Dorothy Parker, embora altamente requisitada, era tão preguiçosa que seus companheiros de trabalho costumavam atar um fio de cabelo sobre os tipos de sua máquina de escrever e, no fim da tarde, ao constatar que o fio estava no mesmo lugar, só podiam rir quando ela dizia que tinha trabalhado o dia inteiro. Ou quando argumentava que não tinha escrito uma linha porque havia "esquecido o lápis em casa". Daí sua obra completa se resumir a cerca das seiscentas páginas do *Portable Dorothy Parker*, editado em 1944 pela Viking Press e um dos três únicos dos dez primeiros *Portables* a ter permanecido até hoje em reedição constante. (Os outros dois? Shakespeare e a *Bíblia*.)

Ela foi também uma das melhores *light-versers* de seu tempo. Mas seus poemas, curtos, candentes e compactos, são praticamente intraduzíveis para qualquer língua. Alguém quer tentar traduzir este?

> "*By the time you swear you're his,*
>   *Shivering and sighing,*
> *And he swears his passion is*
>   *Infinite, undying —*
> *Lady, make a note of this:*
>   *One of you is lying.*"

Virginia Woolf, Gertrude Stein, Amy Lowell, as grandes escritoras do começo do século? Eu não as trocaria por meio copo de Dorothy Parker. E, por falar em copo, a brilhante carreira de Dorothy Parker foi de certa maneira empacada justamente pelo que fez a sua fama: a de ter sido a grande *diseuse* americana, a língua mais afiada de que já se teve notícia. Em três palavras, morreu pela boca. Exemplos? Clare Booth Luce, mulher do influente editor da revista *Time*, Henry Luce, cruzou com ela numa porta giratória. As duas não se gostavam — uma maneira suave de dizer que se detestavam. Clare era mais jovem. Cortesmente, deixou Dorothy Parker passar primeiro pela porta, só que dizendo: "As velhas, antes das belas" ("Age before beauty"). Parker desfechou no ato: "As pérolas, antes das porcas" ("Pearls before swine"). Enquanto Henry Luce foi vivo, Dorothy nunca mais saiu na *Time*.

Quando resenhava livros para a *Esquire*, resumiu sua opinião sobre um romance com duas frases: "Este não é um livro para ser descuidadamente deixado de lado. É para ser atirado fora, com toda força". O autor, famoso, passou a boicotá-la, também com todas as forças. Sobre uma importante dama da sociedade de Nova York nos anos 1920, Dorothy escreveu: "Ela sabe falar 24 línguas. E não consegue dizer *não* em nenhuma delas". A madame nunca mais a convidou para suas festas. Sobre uma interpretação em teatro de Katherine Hepburn: "Ela cobre todo o escopo de emoções, de A a B". Imaginem se Kate Hepburn dirigiu-lhe a palavra outra vez. Quando lhe disseram que determinada socialite de Nova York era muito gentil com seus inferiores, Parker perguntou: "E onde ela os encontra?". Pronto. Ficou queimada entre os ricos. Quando o presidente americano Harry Truman morreu, ela exclamou: "Como é que eles sabem?". E por aí vai, fora as tiradas intraduzíveis. Ela foi a rainha do insulto elegante — ou do tapa de luva, só que de boxe.

Noventa por cento dessas frases foram ditas — e transcritas e, de lá, repetidas e publicadas — numa das cadeiras da famosa Round Table (mesa redonda) no Salão Rosa do Hotel Algonquin (rua 44, Oeste, em Nova York). Todas as tardes, nas horas mortas de suas redações, palcos ou estúdios, reuniam-se ali, na grande mesa disposta por Frank Case, então dono do hotel, os maiores nomes de Nova York. Teatrólogos como George S. Kaufman e Robert Sherwood; os colunistas famosos, como Franklin P. Adams e Heywood Broun; Harpo Marx, um dos irmãos Marx; Harold Ross, editor de *The New Yorker*; Frank Crowninshield, editor de *Vanity Fair*; Herman J. Mankiewicz, mais tarde roteirista de *Cidadão Kane*; Ring Lardner e Robert Benchley, os dois mais fabulosos humoristas da época; atores e atrizes como Tallulah Bankhead e Alfred Lunt; cantores e compositores como Paul Robeson (representado pelo personagem de Walter Williams no conto "Arranjo em preto e branco") ou, de passagem, Noël Coward; o temível crítico Alexander Woollcott etc. O jogo era muito, muito pesado. Pois Dorothy Parker era a estrela no centro do gramado do Algonquin.

Na Round Table do Algonquin, tomando uísque em xícaras de chá — a Lei Seca ainda estava em vigência —, essa turma produziu um tufão de frases contra tudo e contra todos (inclusive eles mesmos) que desmoralizou para sempre o célebre verso *honni soit qui mal y pense*. Porque ali só valia o *mal y pense*. Reunidos, eles dominavam os jornais, as revistas, o teatro e boa parte da literatura de Nova York. A quebra da bolsa em 1929 levou todos aqueles talentosos boêmios à falência e eles se deixaram fascinar pelo dinheiro de Hollywood, para onde quase todos rumaram, a fim de escrever roteiros — Dorothy Parker, entre eles.

Praticamente nenhum deles se adaptou a tomar suco de laranja e viver sob palmeiras, à beira de piscinas no Garden of Allah, o bunker nova-iorquino em Beverly Hills. Alguns morreram por lá, como Fitzgerald, Benchley ou Nathanael West. Outros voltaram para Nova York anos depois, mas só para encontrar um mundo diferente, já dominado pela ainda incipiente televisão e pelo esmalte mais "sério" de escritores recém-surgidos, como Norman Mailer, Saul Bellow, Tennessee Williams, Truman Capote, Gore Vidal, Bernard Malamud e outros que, talvez até sem querer, faziam parecer "fútil" a produção da turma do Algonquin. Jogaram o bebê fora, com a água do banho. Esqueceram-se de relevar, por exemplo, que Dorothy Parker, ao descrever as pequenas tragédias pessoais de dondocas de Nova York e de seus maridos, namorados e empregadas, revelava sutilmente uma certa aproximação com o Partido Comunista americano (do qual nunca foi militante, mas companheira de viagem), numa época em que isto podia significar cadeia em pleno macarthismo. Ou que foi à Espanha, em 1938, para apoiar os republicanos, durante a Guerra Civil. Não que isso tenha feito qualquer diferença para a avaliação da sua obra — e ela certamente riria se chamassem a sua obra de *obra* —, mas, para efeitos práticos, ou seja, sua sobrevivência, poderia ter feito.

Pois aconteceu que, depois de ganhar rios de dinheiro e trabalhar muito menos do que poderia, apenas porque tinha preferido viver, Dorothy Parker morreu pobre, em 1967, praticamente esquecida e sustentada em grande parte por sua melhor amiga nos últimos tempos, Lillian Hellman (viúva de Dashiell Hammett). Que não a perdoou por Dorothy não lhe ter legado os direitos sobre sua obra, e sim à NAACP (Associação Nacional pelo Avanço das Pessoas de Cor). Dorothy sempre foi uma ativa militante de esquerda. Com quase todos os seus velhos camaradas já falecidos, Dorothy penou aquela solidão de quem se acha na sobrevida e considerava isso uma injustiça. O que era irônico porque, no auge do sucesso, ela chegou a tentar o suicídio três vezes, tomando comprimidos ou cortando os pulsos, a ponto de seu confidente, Robert Benchley, chegar a dizer: "Dorothy, pare com isso. Suicídios fazem mal à saúde". Ela sobreviveu a quase todos da sua turma por vinte ou trinta anos, escreveu ótimas resenhas literárias para a *Esquire* nos anos 1950 e 60 e ainda produziu alguns bons contos. Os que você lerá neste livro são os da sua grande fase — anos 1920 e 30.

Contos amargos? Sem dúvida, mais até do que jiló. Mas só quando chegam ao fim. Entre uma palavra e outra, prepare-se para lê-los com adoçante — se for diabético. E tome cuidado para não morrer de rir.

BIG LOURA

A valsa

Oh, encantada. Adoraria.
Não quero dançar com ele. Não quero dançar com ninguém. E, mesmo que quisesse, não seria com ele. Ele estaria no pé de uma lista dos dez últimos. Já vi como ele dança; parece atacado pela doença de são Guido. Imaginem, há menos de quinze minutos, eu estava com pena da pobre coitada que dançava com ele. E agora *eu* é que vou ser a pobre coitada. Não é mesmo um mundo muito pequeno?
E é uma delícia de mundo, também. Tudo que acontece nele é tão fascinante e imprevisível, não? Eu estava quietinha no meu canto, metendo-me com o meu próprio nariz, sem fazer mal a ninguém. E aí ele entra em minha vida, fazendo aqueles olhos e bocas, e me arrasta para uma memorável mazurca. Ora, ele nem sabe o meu nome, e muito menos o que significa. Pois significa Desespero, Perplexidade, Degradação, Futilidade e Crime Premeditado, mas ele nem desconfia. Também não tenho a mínima ideia do seu nome, mas, pelo jeitão dele, só pode

ser Jukes. Como vai, sr. Jukes? E como vai passando o seu querido irmãozinho, aquele com duas cabeças?

Por que ele teve de vir infernizar justamente a mim, com suas más intenções? Por que não me deixou cuidar da minha vida? Peço tão pouco! Só queria ficar quieta no meu canto da mesa, ruminando sozinha a minha solidão pelo resto da noite. E aí ele chega, com suas mesuras, rapapés e seus pode-me-dar-a-honra. E ainda sou obrigada a dizer que adoraria dançar com ele. Não entendo como um raio não desabou direto sobre a minha cabeça. Podem crer, um raio na cabeça seria como um fim de semana na praia, comparado ao contorcionismo de uma dança com este rapaz. Mas, o que eu podia fazer? Todo mundo já estava dançando, exceto eu e ele. Eu estava numa arapuca. Como uma arapuca dentro de outra arapuca.

O que se pode dizer, quando um rapaz nos vem tirar para dançar? Obrigada, mas não quero dançar com você, e pode ir lamber sabão. Ou então: Oh, muito obrigada, adoraria dançar, mas é que, neste exato momento, estou entrando em trabalho de parto. Ou então: Oh, claro, *vamos* dançar, é tão raro hoje em dia conhecer um rapaz que não tenha medo de contrair meu beribéri. Não. Eu não podia fazer nada a não ser dizer que *adoraria* dançar com ele. Está bem, vamos acabar logo com isso. Cara ou coroa? Deu cara, você leva.

Linda valsa, não? Dá vontade de apenas ficar ouvindo a orquestra, não? Não se importa? Oh, que linda valsa! Estou arrepiada. Não, claro, adoraria dançar com você.

Adoraria dançar com você. Adoraria também extrair as amígdalas. Adoraria estar num barco em chamas. Mas agora é tarde. Já estamos a caminho da pista. *Oh.* Oh, Deus. Oh, Deus, oh, Deus, oh, Deus. É ainda pior do que eu pensava. Acho que é uma das poucas coisas da vida de que sempre se pode ter certeza — tudo que promete ser ruim acaba sendo ainda pior. Se eu realmente *soubesse* como seria dançar com ele, teria fingido um desmaio ou coisa assim. Bem, acho que, no fim, vai dar na mesma. Vamos acabar no chão em menos de um minuto, se ele continuar desse jeito.

Foi ótimo tê-lo convencido de que a orquestra estava tocando uma valsa. Só Deus sabe o que teria acontecido se ele achasse que era algum ritmo mais rápido; acho que já teríamos voado pela janela. Por que ele tem essa mania de dançar no ar, em vez de ficar paradinho com você nos braços por apenas alguns segundos? É esse maldito lufa-lufa da vida neste país que é responsável por esses celerados. *Ai*! Puxa, pare de me chutar, seu idiota! Já é a segunda vez que você me acerta a canela. É minha canela de estimação. Tenho-a desde que era garotinha.

Oh, não, não, não. Não doeu nem um pouquinho. Além disso, foi minha culpa. Claro que foi. De verdade. Você é uma gracinha de se desculpar, mas não precisa. A culpa foi toda minha.

O que será que devo fazer: matá-lo neste exato momento, com minhas próprias mãos, ou esperar que ele tenha um enfarte em poucos segundos? Talvez seja melhor não fazer uma cena. Acho que vou relaxar e esperar que a natureza se encarregue dele. Ele não pode manter esse ritmo indefinidamente — afinal, é apenas feito de carne e osso. Mas vai morrer pelo que fez comigo. Não pensem que sou hipersensível, mas ninguém me convencerá de que aquele chute na canela foi sem querer. Segundo Freud, não existem acidentes. Não sou do tipo enclausurada e já dancei com rapazes que me pisaram nos calos ou acertaram meus joanetes; mas, quando é a canela que está em jogo, torno-me uma besta-fêmea. Viro para o rapaz e digo: "Está bem, quando me chutar a canela, pelo menos *sorria*".

Talvez ele não tenha feito por mal. Podia estar apenas querendo mostrar animação. Eu deveria ficar feliz por ver que pelo menos um de nós está se divertindo. E mais feliz ainda se sair viva da pista. Não será pedir demais a um rapaz que você acabou de conhecer que ele devolva suas canelas exatamente como as encontrou? Afinal, o pobre rapaz está fazendo o melhor que pode. Provavelmente nasceu e foi criado no interior e só foi calçar botinas no exército.

Sim, é uma delícia, não é? É simplesmente uma delícia. Não é uma valsa deliciosa? Oh, eu também estou achando uma delícia.

Bem, estou positivamente à mercê de um dançarino que quer bater todos os recordes do mundo. Ele é meu herói. Tem um coração de leão e a força de um búfalo. Vejam só: não dá a mínima para as consequências, não liga para o que os outros pensam, contorce-se como se tivesse o diabo no corpo, com os olhos chispando e chamas no rosto. Pensam que vou recuar? Mil vezes não. Afinal, que me importa passar os próximos dois anos num colete de gesso? E quem quer viver para sempre?

Oh. Oh, Deus. Ora, ele é até legal. Por um momento pensei que iam expulsá-lo da pista. Não suportaria que alguma coisa lhe acontecesse. Eu o adoro. Adoro-o mais que qualquer outra coisa no mundo. Incrível a animação que ele tira de uma valsa chocha e vulgar; em comparação, os outros dançarinos parecem uns palermas. Ele representa a juventude, o vigor e a coragem, a força e a alegria e — Ai! Saia de cima do meu pé, seu caipira! Por que não pisa em sua avó?

Não, claro que não doeu. Ora, nem um pouco. Sinceramente. E foi minha culpa. É aquele passo que você dá — uma delícia, mas difícil de seguir de primeira. Oh, foi você que o inventou? Mesmo? Incrível! Ah, agora acho que aprendi. Observei quando você dançava com a outra moça. É excitante!

É, é excitante. Aposto que eu também pareço excitada. Estou completamente descabelada, minha saia está toda enroscada em meu corpo, posso sentir um suor frio na testa. Devo estar parecendo algum espectro saído de "A queda da casa de Usher".

Essas coisas não devem fazer bem à saúde de uma mulher na minha idade. E ele inventou aquele passo sozinho, o tarado. Parecia meio complicado a princípio, mas agora acho que peguei. Dois tropeções aqui, uma escorregada ali e uma deslizada de seis ou sete metros. Mas consegui. Consegui também outras coisas, entre as quais um buraco na canela e um coração em pandarecos. Detesto esta criatura à qual estou atrelada. Detestei-o desde o momento em que vi o seu olhar de soslaio naquele rosto bestial. E agora me vejo travada nos seus braços pelos 35 anos que esta valsa está durando. Será que a merda da orquestra nunca vai parar de tocar? Ou essa coisa ridícula a que chamam de dança vai durar até os quintos dos infernos?

Olhe, vão tocar mais uma. Oh, que ótimo. Que delícia. Cansada? Não, nem um pouco. Poderia continuar dançando pelo resto da vida!

Eu deveria ter dito que não estava cansada. Que estava morta. Faleci, sem motivo justo. A música não para nunca e lá vamos nós, eu e meu pé de valsa, a caminho da eternidade. Acho que talvez me acostume, depois dos primeiros cem mil anos. A esta altura, nada vai importar mesmo, nem dor nem calor, nem um coração partido e muito menos um tédio cruel e mortal. Quanto mais rápido, melhor.

Não sei por que não lhe disse que estava cansada. Por que não sugeri voltarmos à mesa? Poderia ter dito, vamos apenas ouvir a música, que tal? Porque, se ele aceitasse, seria a primeira vez que ele estaria dando um tico de atenção à música naquela noite. George Jean Nathan disse que o ritmo de uma valsa deveria ser ouvido em tranquilidade e não acompanhado por estranhos rodopios das pessoas. Bem, seja o que for que Nathan esteja fazendo neste momento, está melhor do que eu. Pelo menos está seguro. Qualquer pessoa que *não* esteja valsando com aquela vaca da sra. O'Leary, responsável pelo grande incêndio de Chicago, deve estar se divertindo muito.

O problema é que, se voltássemos para a mesa, teria que conversar com ele. E o que eu poderia perguntar a uma mula dessas? Já foi ao circo este ano? Qual é o seu sorvete favorito? Como você pronuncia gato? Melhor ficar por aqui mesmo, na pista de dança. É quase tão bom quanto estar dentro de uma betoneira ligada.

Já nem sinto mais nada. Só percebo quando ele me pisa nos calos porque ouço o esmigalhar dos ossinhos. E tudo de importante que me aconteceu na vida passa diante dos meus olhos. Revejo aquele dia em que estive no centro de um furacão nas Índias Ocidentais; lembro o dia em que rachei a cabeça numa batida de carro; houve aquela noite em que a dona da festa, bêbada, jogou um cinzeiro de bronze em seu namorado e acertou em mim; para não falar num verão em que o barco virou de borco. Ah, que bons tempos e que tranquilidade... até cair nas garras deste monstro aqui. Nunca soube o que eram problemas, até ser arrastada para essa *danse macabre*. Acho que minha mente vagueia. Até parece que a orquestra parou. Não pode ser. Nunca poderia ser. E, no entanto, em meus ouvidos, há um silêncio que parece produzido pelos anjos...

Oh, eles pararam de tocar, aqueles cretinos. Não vão tocar mais. Oh, droga. Você acha que eles vão voltar? Acha mesmo, se você lhes der vinte dólares? Oh, seria incrível! E, olhe, peça-lhes para tocarem de novo aquela mesma valsa. Eu poderia dançar com você pelo resto da vida.

Arranjo em preto e branco

A mulher com as papoulas de veludo rosa entrelaçadas em seu cabelo louro atravessou o salão, num misto de pé ante pé com pulinhos furtivos, e cravou suas garras no braço do anfitrião.

— Ah-ha! Peguei! — disse ela. — Agora você não vai escapar!

— Oh, olá — respondeu o anfitrião. — Como vai?

— Ótima, simplesmente ótima — ela disse. — Escute. Você precisa me fazer o maior favor do mundo. Vai fazer? Promete? Promete mesmo?

— É o que é?

— Olhe — disse ela. — Quero conhecer Walter Williams. Sinceramente, sou louca por este homem. Oh, como ele canta! Quando ele canta aqueles *spirituals*, quase morro! Outro dia eu estava dizendo para Burton, "Sorte sua Walter Williams ser preto, ou você teria um monte de razões para ficar com ciúmes". Eu adoraria ser apresentada a ele, para lhe dizer que já o vi cantar. Você vai ser um anjo e me apresentar?

— Ora, claro — disse o anfitrião. — Pensei que já o conhecesse. Afinal, esta festa é para ele. Onde está ele, afinal?

— Ali, perto da estante — apontou ela. — Vamos esperar que aquelas pessoas terminem de falar com ele. Acho que você está sendo maravilhoso, oferecendo-lhe esta festa fantástica para que ele conheça todos esses brancos e tudo mais. Ele não está supergrato a você?

— Espero que não... — disse o dono da casa.

— Pois deveria estar — disse ela. — Não sei o que há de errado em conhecer pessoas de cor. Não vejo nada de mau nisto. Nem um pouquinho. Mas Burton... ah, você sabe como ele é. Deve ser porque nasceu em Virgínia, e você sabe como eles pensam.

— Burton virá à festa? — perguntou o anfitrião.

— Não, não pode. Estou de cigarra esta noite. Eu disse a ele na hora de sair, "Só Deus sabe o que vou fazer esta noite". Mas ele estava tão pregado que mal podia se mexer. Não é uma pena?

— Ah-han — murmurou o anfitrião.

— Mal posso esperar para lhe dizer que fui apresentada a Walter Williams! — disse ela. — Ele vai ficar para morrer. Bem, a gente costuma discutir por causa dessa história de negros. Começo a falar e não paro, de tão excitada que fico. Digo a ele, "Deixe de ser bobo!". Mas devo admitir que Burton é muito mais aberto do que a maioria daqueles sulistas racistas. Ele realmente gosta muito dos negros. Sabe que, às vezes, ele até diz que nunca teria uma empregada branca. Ele foi criado por uma babá preta, aquela típica ama de leite preta, e até hoje a adora. Todas as vezes que visita sua família, vai até a cozinha falar com ela. Até hoje faz isto, de verdade. Ele só diz que não tem nada contra negros, desde que eles fiquem no seu lugar. E Burton está sempre fazendo favores a eles, dando-lhes roupas velhas e não sei o que mais. Mas diz que não se sentaria à mesa com um deles nem por um milhão de dólares. Aí eu me irrito e digo, "Você me dá enjoos falando desse jeito". Sou terrível com ele. Não sou terrível?

— Oh, não, não; não — disse o anfitrião. — Não, não.

— Pois sou — disse ela. — Eu sei que sou. Pobre Burton! Já eu, pessoalmente, não sou assim. Não tenho absolutamente nada contra qualquer pessoa de cor. Ora, até adoro alguns deles. Parecem crianças, fáceis de levar, sempre cantando, rindo e tudo o mais. Você não os acha as maiores gracinhas do mundo? Sinceramente, tenho vontade de rir só de ouvi-los. Eu os adoro. De verdade. Tenho uma lavadeira negra. Trabalha comigo há anos e sou louca por ela. Ela é *qualquer* coisa. E sabe que eu penso nela como uma amiga? É assim que a considero: como uma amiga. Como eu digo a Burton, "Pelo amor de Deus, somos todos seres humanos!". Não somos?

— Sim, claro — disse o anfitrião.

— Pois veja Walter Williams — disse ela. — Acho que um homem como ele é um verdadeiro artista. Acho mesmo. Ele merece todo o respeito. Puxa, gosto tanto de música que nem me incomodo com a cor dele. Sinceramente, se uma pessoa é um artista, ninguém deveria se importar com isso. É exatamente o que eu digo a Burton. Não acha que estou certa?

— Claro, claro — disse o anfitrião.

— Pois é o que eu acho — disse ela. — Não posso entender que as pessoas sejam tão quadradas. Ora, acho até um privilégio ser apresentada a um homem como Walter Williams. Mesmo! Afinal, Deus o fez assim como fez cada um de nós. Não fez?

— Sem dúvida — disse o anfitrião.

— Pois é o que eu digo — disse ela. — Olhe, fico furiosa quando as pessoas não aceitam os negros. Furiosa em termos, para não dizer coisa pior. Claro, admito que quando você en-

contra um negro ruim, ele é terrível. Mas, como digo a Burton, há brancos ruins também. Não há?
— Acho que sim — disse o anfitrião.
— Ora, eu adoraria que um homem como Walter Williams fosse à minha casa um dia, para cantar — disse ela. — Claro, não poderia convidá-lo, por causa de Burton, mas por mim não haveria o menor problema. Oh, como ele canta! Não é maravilhoso o jeito que eles têm para a música? Parece que vem de *dentro* deles. Olhe, vamos até lá falar com ele? O que devo fazer quando for apresentada? Apertar a mão dele ou alguma outra coisa?
— Não sei, faça o que tiver vontade — disse o anfitrião.
— Acho melhor apertar-lhe a mão — disse ela. — Não gostaria por nada no mundo que ele achasse que eu tenho qualquer preconceito. Vou apertar-lhe a mão, como eu faria com qualquer outra pessoa. É exatamente o que vou fazer.
Chegaram até o negro jovem e alto, de pé junto à estante. O anfitrião apresentou-os; o negro curvou-se.
— Como vai? — perguntou.
A mulher com as papoulas de veludo rosa estendeu-lhe a mão, esticando totalmente o seu braço e mantendo-o esticado para que todo mundo visse, até que o negro a tomou, apertou-a e devolveu-a a ela.
— Oh, que prazer, sr. Williams — ela disse. — Como vai o senhor? Sabe, agorinha mesmo eu estava dizendo como adoro tanto a sua arte. Já fui a seus concertos e tocamos os seus discos o tempo todo. Oh, simplesmente adoro!
Ela falava separando bem as sílabas, movendo meticulosamente os lábios, como se dialogasse com um surdo.
— Agradeço-lhe muito — ele disse.
— Sou simplesmente louca por aquela coisa chamada *Water Boy* que o senhor canta — ela disse. — Honestamente, não consigo tirá-la da cabeça. Meu marido vai quase à loucura, do

jeito que eu a fico cantarolando o dia inteiro. Às vezes as coisas ficam pretas... — pigarreou às pressas e continuou. — Diga-me, sr. Williams, onde o senhor descobre todas aquelas canções?

— Bem, há tantas maneiras dife... — tentou dizer ele.

— Acho que o senhor deve adorar cantá-las — ela disse. — Deve ser tão divertido. Todos aqueles *spirituals* tão gracinhas, oh, eu adoro! E o que está fazendo agora? Vai continuar a cantar? Por que não dá outro concerto, qualquer dia desses?

— Vou dar um no dia 16 deste mês — ele respondeu.

— Oh, prometo comparecer — ela disse. — Sem dúvida irei ver, se puder. Pode contar comigo. Nossa, está vindo para cá um bando de gente para falar com o senhor. Claro, o senhor é o convidado de honra! Oh, quem é aquela moça de branco? Já a vi em algum lugar.

— Aquela é Katherine Burke — disse o anfitrião.

— Meu Deus — disse ela —, *aquela* é Katherine Burke? Engraçado, parece tão diferente no palco. Achei que ela fosse muito mais bonita. Não tinha ideia de que fosse tão escura. Ora, ela até parece... — teve de pigarrear de novo. — Oh, acho-a uma excelente atriz! O senhor não a acha uma excelente atriz, sr. Williams? Oh, eu a acho maravilhosa! O senhor não acha?

— Acho, madame — ele disse.

— Oh, eu também acho — ela disse. — Ma-ra-vi-lho-sa! Bem, acho que devemos dar aos outros uma chance de conversar com o convidado de honra. E não se esqueça, sr. Williams, estarei no seu concerto se puder. Estarei aplaudindo mais do que todo mundo. E, se não puder ir, direi a todo mundo que conheço para ir. Não se esqueça!

— Não me esquecerei — ele disse. — Muito agradecido.

O anfitrião tomou-a pelo braço e levou-a para a sala ao lado.

— Oh, meu Deus — ela disse. — Quase morri! Não sei como não desmaiei. Você viu aquele fora horrível que eu dei?

Quase disse que Katherine Burke parecia uma crioula! Mas ainda bem que me flagrei a tempo. Oh, será que ele notou?

— Não acredito — disse o anfitrião.

— Graças a Deus — disse ela —, porque não gostaria de tê-lo aborrecido por nada. Puxa, ele é tão gentil. Mais gentil, impossível. Tem boas maneiras e tudo o mais. Você sabe, com alguns negros, a gente lhes dá um dedo e eles querem o resto. Mas ele nem tentou. Bem, talvez ele tenha bom senso. Ele é ótimo. Você não acha?

— Sim — disse o anfitrião.

— Gostei dele — disse ela. — Não tenho nada contra ele pelo fato de ser negro. Me senti tão à vontade como se estivesse conversando com uma pessoa normal. Mas, sinceramente, às vezes eu tinha que me forçar um pouco. Não parava de pensar em Burton. Oh, mal posso esperar para contar a Burton que chamei o crioulo de *senhor*!

Os sexos

O rapaz de gravata extravagante olhou nervosamente para a jovem vestida de babados, ao seu lado no sofá. Ela examinava o seu lencinho com tal interesse que era como se aquela fosse a primeira vez que via um e tivesse se encantado pela sua forma, material e possibilidades. O rapaz pigarreou, produzindo um ruído baixinho e sincopado, sem necessidade e sem sucesso.

— Quer um cigarro? — perguntou.

— Não, obrigada — disse ela. — Imensamente obrigada, de qualquer maneira.

— Perdão, só tenho desta marca — disse ele. — Você tem da marca que gosta?

— Não sei, talvez tenha — disse ela. — Mas obrigada assim mesmo.

— Porque, se não tiver, não me custaria mais que um minuto para ir à esquina e comprar um maço.

— Oh, obrigada, mas eu não lhe daria este trabalho por nada deste mundo — disse ela. — É extremamente gentil da sua parte oferecer-se para isso, mas muito obrigada.

— Droga, quer parar de ficar me agradecendo o tempo todo? — disse ele.

— Realmente — disse ela —, eu não sabia que estava dizendo nada inconveniente. Mil perdões se o magoei. Sei como a gente se sente quando é magoada. Nunca imaginei que fosse um insulto dizer "obrigada" a alguém. Não estou exatamente habituada a ouvir alguém gritar comigo quando digo "obrigada".

— Não gritei com você! — gritou ele.

— Ah, não? — disse ela. — Sei.

— Meu Deus — disse ele —, só lhe perguntei se podia ir lá fora comprar cigarros para você. É motivo para você subir pelas paredes?

— Quem está subindo pelas paredes? — disse ela. — Eu apenas não sabia que era um crime dizer que jamais sonharia em lhe dar esse trabalho. Talvez eu seja muito burra ou coisa assim.

— Afinal, quer ou não quer que eu vá lá fora lhe comprar cigarros? — disse ele.

— Pelo amor de Deus — disse ela —, se quer tanto ir, não se sinta na obrigação de ficar aqui. Não se sinta amarrado.

— Ora, não seja assim, tá bom? — disse ele.

— Assim como? — disse ela. — Não estou sendo assim nem assado.

— O que há com você? — disse ele.

— Ué, nada — disse ela. — Por quê?

— Você está esquisita esta noite — disse ele. — Mal me dirigiu a palavra desde que cheguei.

— Peço-lhe mil perdões se não está se divertindo — disse ela. — Por favor, não se sinta obrigado a ficar se está se aborrecendo. Aposto que há milhões de outros lugares onde você se divertiria muito mais. Acontece que eu deveria ter pensado um pouco melhor antes. Quando você disse que viria aqui esta noite, desmarquei um monte de compromissos para ir ao teatro ou algo assim. Mas não faz a mínima diferença. Preferia até que você fosse se divertir em outro lugar. Não é muito agradável ficar sentada aqui, achando que vou matar alguém de tédio.

— Não estou morrendo de tédio! — ele urrou. — E não quero ir a lugar nenhum! Por favor, querida, qual é o problema? Me conte.

— Não tenho a menor ideia do que você está falando — ela disse. — Não há o menor problema. Não sei o que você quer dizer com isso.

— Sabe, sim — disse ele. — Há algum problema. Foi alguma coisa que eu fiz?

— Deus do céu — disse ela —, não é absolutamente da minha conta qualquer coisa que você faça. Seja o que for, eu jamais teria o direito de criticá-lo.

— Quer parar de falar desse jeito, por favor? — disse ele.

— Falar de que jeito? — disse ela.

— Você sabe muito bem — disse ele. — Do mesmo jeito com que você falou comigo ao telefone hoje. Estava tão ranzinza quando liguei que tive até medo de falar.

— Perdão — disse ela. — Como é que eu estava mesmo?

— Está bem, desculpe — disse ele. — Retiro a expressão. É que, às vezes, você me enche o saco.

— Lamento — ela disse —, mas não estou habituada a ouvir esse tipo de linguagem. Ninguém nunca falou assim comigo, em toda a minha vida.

— Já lhe pedi desculpas, não pedi? — ele gemeu. — Juro, querida. Não sei como pude dizer uma coisa dessas. Vai me perdoar, vai?

— Oh, claro — disse ela. — Pelo amor de Deus, não fique se desculpando. Não faz a menor diferença. Só achei engraçado ver alguém que sempre considerei uma pessoa educada entrar na minha casa e usar um palavreado como este. Mas não faz a mínima diferença.

— Bem, acho que nada do que eu diga faz a menor diferença para você — ele disse. — Você parece magoada comigo.

— Eu, magoada com você? — ela disse. — Não sei de onde você tirou essa ideia. Por que eu estaria magoada com você?

— É o que eu gostaria de saber — ele disse. — Não vai me dizer o que houve? Fiz alguma coisa para magoá-la, querida? Do jeito que você estava no telefone, fiquei preocupado o dia inteiro. Nem consegui trabalhar direito.

— Eu certamente não gostaria de saber que estou interferindo no seu trabalho — disse ela. — Sei que muitas garotas fazem esse tipo de coisa sem a menor cerimônia, mas eu acho terrível. Não é muito agradável ficar aqui ouvindo que estou interferindo no trabalho de alguém.

— Eu não disse isso! — ele berrou.

— Ah, não? — ela disse. — Bem, foi o que entendi. Deve ser a minha estupidez.

— Acho que o melhor mesmo é ir embora — disse ele. — Nada dá certo. Tudo que eu digo só serve para chateá-la cada vez mais. Quer que eu vá?

— Por favor, faça exatamente o que estiver com vontade de fazer — ela disse. — A última coisa que eu gostaria de fazer seria obrigá-lo a ficar quando você prefere ir a outro lugar. Por que não vai a algum lugar onde não se aborreça tanto? Por que não vai à casa de Florence Leaming, por exemplo? Tenho certeza de que ela adoraria recebê-lo.

— Não quero ir à casa de Florence Leaming! — ele zurrou. — O que eu iria fazer na casa de Florence Leaming? Ela é um saco!

— Ah, é? — disse ela. — Não era o que você parecia pensar na festa de Elsie, ontem à noite, como eu notei. Ou não teria conversado com ela a noite toda, sem tempo para mais ninguém.

— Exatamente, e sabe por que eu estava conversando com ela? — disse ele.

— Bem, suponho que você a ache bonita — disse ela. — Algumas pessoas acham. É perfeitamente natural. Há quem a ache bonita.

— Não sei se ela é feia ou bonita — disse ele. — Se ela entrasse agora por esta porta, não sei se a reconheceria. Só fui conversar com ela porque você não me deu a mínima atenção ontem à noite. Eu me dirigia a você e você só sabia dizer, "Oh, como vai?". O tempo todo: "Oh, como vai?". E virava as costas imediatamente.

— Eu não lhe dava a mínima? — ela se espantou. — Oh, mas é tão engraçado! É engraçadíssimo! Não se importa que eu ria, não?

— Pode rir até engasgar — ele disse. — Mas que é verdade, é.

— Bem, no instante em que você chegou, começou a fazer um fuzuê por causa de Florence Leaming, como se o resto do mundo não existisse. Vocês dois pareciam estar se divertindo tanto que eu jamais teria me intrometido.

— Meu Deus — ele disse —, a tal moça Florence-não-sei-das-quantas veio falar comigo antes que eu visse qualquer conhecido. O que você queria que eu fizesse? Que lhe desse um soco no nariz?

— Bem, certamente, não o vi tentar — disse ela.

— Mas me viu tentar falar com você, não viu? — disse ele. — E o que você fez? Ficou repetindo "Oh, como vai?". Aí a tal Florence apareceu de novo e me segurou. Florence Leaming! Acho ela horrível. Quer saber o que eu acho dela? Que é uma pateta.

— Bem — disse ela —, claro que essa sempre foi a impressão que tive de Florence, mas sabe-se lá? Há quem a ache linda.

— Ora — disse ele —, como ela poderia ser linda estando na mesma sala com você?

— Nunca vi um nariz tão feio — disse ela. — Tenho pena de qualquer garota com um nariz como aquele.

— Pois é, um nariz horroroso — disse ele. — Já o seu nariz é lindo. Puxa, como o seu nariz é bonito!

— Ora, que nada — ela disse. — Você está louco.

— Ah, é? — ele disse. — E os seus olhos? E o seu cabelo e a sua boca? E olhe que mãos você tem! Venha cá, me empreste uma dessas mãozinhas. Ai, que mão! Quem tem as mãos mais gostosas do mundo? Quem é a garota mais gostosa do mundo?

— Não sei — ela disse. — Quem?

— Não sabe! — ele riu. — Claro que sabe.

— Não — ela disse. — Quem? Florence Leaming?

— Florence Leaming, uma ova! — ele disse. — Está puta comigo por causa de Florence Leaming! E eu sem dormir a noite toda e sem conseguir trabalhar o dia inteiro porque você não falava comigo! Uma garota como você se preocupando com um estupor como Florence Leaming!

— Acho que você é completamente louco — disse ela. — Não estava preocupada. O que o fez pensar que eu estava? Você é louco. Oh, minhas pérolas novas. Deixe-me tirá-las primeiro. Pronto.

Você estava ótimo

O rapaz de tez pálida acomodou-se lenta e cuidadosamente no sofá e reclinou a cabeça em direção a uma almofada fresca que lhe confortasse a face e a têmpora.
— Aiii — gemeu. — Ai, ai, ai. Aiii.
A jovem de olhos claros, sentada firme e ereta na poltrona, lançou-lhe um sorriso malicioso.
— Não está se sentindo bem hoje? — disse.
— Oh, estou ótimo — disse ele. — Borbulhante, eu diria. Sabe a que horas me levantei? Às quatro da tarde, em ponto. Tentei me levantar antes, mas toda vez que punha a cabeça para fora do travesseiro ela rolava para debaixo da cama. Isso que você está vendo em cima do meu pescoço não é a minha cabeça. Acho que é qualquer coisa que costumava pertencer a Walt Whitman. Aiii! Ai, ai, ai!
— Quer um drinque para se sentir melhor? — disse ela.
— Para afogar a ressaca em mais bebida? — disse ele. — Não, obrigado. Nunca mais me ofereça isso. Parei de beber, de vez. Nem mais uma gota. Olhe para minha mão: firme como

um beija-flor. Me diga uma coisa: me comportei mal ontem à noite?

— Ontem? — ela disse. — Ora, que nada. Todo mundo estava meio alto. Você estava ótimo.

— Imagino — disse ele. — Devo ter ficado meio alegre. Alguém reclamou de mim?

— Deus do céu, claro que não — disse ela. — Todo mundo achou você terrivelmente engraçado. Claro, Jim Pierson ficou um pouco brabo com você durante o jantar. Mas conseguiram segurá-lo na cadeira e ele se acalmou. Acho que, nas outras mesas, quase ninguém notou.

— Jim queria me bater? — disse ele. — Oh, meu Deus. O que foi que eu fiz?

— Ora, você não fez nada — disse ela. — Você estava ótimo. Mas você sabe como Jim fica quando pensa que alguém está dando em cima de Elinor.

— E eu estava cantando Elinor? — disse ele. — Eu *fiz* isto?

— Claro que não — ela disse. — Você estava só brincando. Ela te achou imensamente divertido. Só parou de rir um pouco quando você despejou as lulas *en su tinta* pelo decote dela.

— Deus do céu — ele suspirou. — Lulas *en su tinta* dentro daquele decote! E agora, o que vou fazer?

— Ora, ela vai ficar boa — a outra respondeu. — Mande-lhe umas flores no hospital, ou coisa assim. Não se preocupe. Não foi nada.

— Ah, não, não vou me preocupar — ele disse. — Não tenho nada com que me preocupar. Estou uma gracinha. Oh, Deus! Cometi mais alguma façanha fascinante no jantar?

— Você estava ótimo — disse ela. — Não seja tolo. Todo mundo estava louco por você. O maître ficou um pouco aborrecido porque você não conseguia parar de cantar, mas, no fundo, não se importou. Só disse que talvez a polícia fechasse de novo o restaurante, por causa do barulho. Mas não se importou nem um pouquinho. Acho que ele até gostou de ver que você estava se divertindo tanto. Você cantou durante uma hora, uma hora e pouco, não mais. E nem foi tão alto assim.

— Quer dizer que eu cantei — ele disse. — Deve ter sido formidável. Eu cantei.

— Não se lembra? — disse ela. — Uma música atrás da outra. Todo mundo ficou ouvindo. E adorou. Foi só quando você insistiu em cantar qualquer coisa sobre fuzileiros, ou algo assim, que as pessoas começaram a fazer psiu, psiu para você, e você insistia em cantá-la de novo. Foi uma maravilha. Tentamos fazer com que você parasse de cantar por um minuto e comesse um pouco, mas você nem queria saber. Ah, como você estava engraçado!

— Por quê? Eu não estava comendo? — disse ele.

— Oh, nem um naco — disse ela. — Toda vez que o garçom vinha servi-lo, você lhe devolvia o prato dizendo que ele era o seu irmão postiço, trocado no berço da maternidade por uma quadrilha de ciganos, e tudo que você tinha pertencia a ele. O garçom ficou uma onça com você.

— Se eu fosse ele, também ficaria — disse ele. — Eu devia estar um horror. Uma graça. Bem, o que aconteceu depois do meu estrondoso sucesso com o garçom?

— Ah, pouca coisa — ela disse. — Você aparentemente discordou do estampado da gravata de um senhor de cabelos brancos, sentado no outro lado da sala, e foi lá lhe pedir satisfações. Mas conseguimos sair com você do restaurante, antes que ele ficasse furioso.

— Ah, fomos embora — ele disse. — Saí andando?

— Andando! Claro que sim! — disse ela. — Você estava perfeitamente bem. Tanto que, quando você tropeçou no meio-

-fio e caiu sentado, ninguém se importou. Poderia ter acontecido a qualquer um.

— Ah, claro — disse ele. — Poderia ter acontecido a Louisa May Alcott ou a qualquer um. Quer dizer que eu caí na calçada. Isso explica por que estou com essas dores na bunda. Está bem. E depois, se não se importa em me contar...

— Ora, Peter! — ela disse. — Não vá me dizer que não se lembra do que aconteceu depois! Achei que você podia estar um pouco alto durante o jantar, embora você estivesse perfeitamente ótimo; é que eu sabia que você estava apenas se divertindo. Mas, depois do tombo, você ficou tão sério... nunca o vi desse jeito! Não se lembra de como me contou que eu nunca o tinha visto como você era de verdade? Peter, seria demais para mim se você não se lembrasse daquela longa e maravilhosa corrida de táxi que fizemos! Oh, Peter, diga que se lembra! Vou morrer se você não se lembrar.

— Ah, sim — ele disse. — Corrida de táxi. Ah, claro. Bem longa, ahn?

— Demos umas mil voltas em torno do Central Park — disse ela. — Oh, como as árvores brilhavam ao luar! E você disse que, até então, nunca soubera que tinha alma!

— Foi — disse ele. — Falei isso mesmo. Aquilo era eu.

— Você disse coisas tão lindas, tão lindas — ela gemeu. — E eu nunca soube, todo esse tempo, o que você sentia por mim, e nunca ousei deixá-lo saber como eu me sentia em relação a você. E, então, ontem à noite... oh, Peter querido, acho que aquela corrida de táxi foi a coisa mais importante que já aconteceu em nossas vidas!

— É — disse ele. — Parece que foi mesmo.

— E vamos ser tão felizes — disse ela. — Mal posso esperar para contar a todo mundo! Mas, não sei... talvez fosse mais gostoso a gente manter a coisa entre nós por uns tempos.

— Ahn... acho que sim — disse ele.
— Não é ótimo? — disse ela.
— É — ele disse. — Fantástico.
— Que ótimo! — ela disse.
— Olhe aqui — disse ele —, importa-se se eu tomar um drinque? Como se fosse remédio, entende? Nunca mais vou pôr uma gota de álcool na boca, mas é que estou sentindo ligeiras ameaças de um colapso.
— Oh, até acho que lhe faria bem — ela disse. — Tadinho, você parece estar se sentindo tão mal. Vou lhe fazer um uísque.
— Sinceramente — disse ele —, não sei como você ainda me dirige a palavra, depois de todas as loucuras que fiz ontem à noite. Acho que vou me refugiar num monastério no Tibete.
— Bobinho! — ela disse. — Como se eu fosse deixá-lo escapar agora! Pare de dizer bobagens. Você estava absolutamente ótimo!

Ela pulou do sofá, beijou-o rapidamente na testa e correu para a cozinha.

O rapaz pálido acompanhou-a com o olhar, sacudiu a cabeça, longa e lentamente, e depois deixou-a cair em suas mãos úmidas e trêmulas.

— Aiii — disse. — Ai, ai, ai.

O padrão de vida

Annabel e Midge saíram da casa de chá com os passinhos lentos e arrogantes dos desocupados, à espera de que o resto da tarde de sábado se estendesse diante delas. Tinham almoçado, como planejaram, bolinhos com leite e geleia. Geralmente comiam sanduíches de qualquer pão, transbordando de manteiga e maionese, ou grossas fatias de bolo dormido, entre colheradas de sorvete, ou um chocolate derretido com umas castanhas boiando no meio. Quando queriam variar, pediam pastéis, que respingavam azeite de segunda, contendo uns poucos grãos de carne moída não identificável, atolados num recheio que já começava a endurecer; ou umas empadinhas recheadas de uma coisa amarela e meio doce, nem sólida nem líquida, como uma pomada que tivesse sido esquecida ao sol. Não comiam outras coisas, nem pensavam no assunto. A pele de ambas lembrava pétalas de anêmona, e seus estômagos eram tão achatados e os quadris tão estreitos quanto os de um jovem guerreiro indígena.

Annabel e Midge se tornaram amicíssimas praticamente desde o dia em que Midge foi contratada como estenógrafa na firma em que Annabel já trabalhava. Agora, Annabel, com dois anos a mais no departamento de estenografia, ganhava a fortuna de dezoito dólares e meio por semana; Midge estava ainda nos dezesseis dólares. Ambas moravam com suas famílias e davam metade de seus salários para sustentá-las.

As moças sentavam-se lado a lado no escritório, almoçavam juntas todos os dias e também juntas iam para casa ao fim de cada expediente. Muitas de suas noites e muitos de seus domingos eram passados na companhia uma da outra. Geralmente eram acompanhadas por dois rapazes, mas não havia estabilidade em nenhum dos quartetos. Os dois rapazes eram regularmente substituídos em pouco tempo por outros dois, sem que elas se importassem nem um pouco — e nem haveria por que, já que os novos rapazes dificilmente eram distinguíveis dos anteriores. Invariavelmente as moças passavam juntas as quentes tardes de sábado. A constância não chegara a produzir arestas em sua amizade.

Elas se pareciam, embora essa semelhança não fosse de feições. Era mais na forma de seus corpos, sua maneira de andar, suas preferências e jeito de se vestir. Annabel e Midge faziam tudo o que duas jovens empregadas em escritório não devem fazer. Usavam batom e esmalte, pintavam os cílios e tingiam o cabelo, além de deixar um rastro de perfume por onde passavam. Usavam vestidos fininhos e espalhafatosos, justos no busto e curtos nas pernas, e sapatinhos modernos e coloridos. Era difícil não reparar nelas, nem no fato de que pareciam vulgares e charmosas.

Pelo menos, enquanto passeavam pela Quinta Avenida, com suas saias movimentadas pelo vento, pareciam notadas por todos. Rapazes letargicamente pastando diante de bancas de jornais endereçavam-lhes murmúrios, exclamações e — o supremo elogio — fiu-fius. Annabel e Midge passavam por eles sem sequer a condescendência de se apressarem, empinavam os narizes e acertavam o passo com marcial precisão, como se estivessem pisando no pescoço dos transeuntes.

Sempre passeavam pela Quinta Avenida em suas tardes livres, porque era o território ideal para o seu esporte favorito. Um esporte que poderia ser praticado em qualquer lugar, mas que, diante da imponência das grandes vitrines da Quinta, exigia tudo delas.

Annabel tinha inventado o jogo — ou talvez o tenha desenvolvido, de outro mais antigo. Basicamente, era o velho jogo de perguntar o-que-você-faria-se-tivesse-um-milhão-de-dólares? Mas Annabel tinha criado um novo código de regras para ele, tornando-o mais exato e restrito. E, como todo jogo, quanto mais difícil, mais fascinante.

A versão de Annabel era assim: suponha que alguém morra e lhe deixe um milhão de dólares, sem impostos. Mas há uma condição para se pegar a bolada: a de que você deve gastar o dinheiro todo com você.

Aí está o acaso do jogo. Se, ao jogá-lo, você se esquecer e relacionar, entre os seus gastos, o aluguel de um novo apartamento para sua família, por exemplo, perde a sua vez para o outro jogador. Era impressionante como tanta gente — mesmo os experts — conseguia perder tudo escorregando nessa cláusula.

Era essencial, é claro, que ele fosse jogado com toda a seriedade. Cada compra tinha de ser cuidadosamente considerada e, se necessária, apoiada em alguma razão. E não havia graça em jogar muito forte. Certa vez, Annabel ensinou o jogo a Sylvia, outra garota do escritório. Explicou-lhe as regras e fez-lhe o desafio: "Qual seria a primeira coisa que você compraria?". Sylvia não teve a decência de um minuto de hesitação: "Bem, a primeira coisa que eu faria seria contratar alguém para matar a mulher de Gary Cooper, e então...". Para mostrar que não estava ali para brincadeiras.

Mas Annabel e Midge *tinham* de dar certo como amigas, porque Midge tornou-se mestra no jogo assim que o aprendeu. Foi ela quem acrescentou os toques que o tornaram uma coisa mais íntima. Segundo as inovações de Midge, o sujeito excêntrico que morreu e lhe deixou a tal fortuna não era alguém que você amasse, ou mesmo conhecesse. Seria alguém que a tivesse visto em algum lugar e pensado, "Aquela garota devia ter um monte de coisas fantásticas. Vou deixar-lhe um milhão de dólares quando morrer". E essa morte não deveria ser nem dolorosa, nem prematura. O benfeitor, já entrado em anos e confortavelmente pronto para partir, apenas iria dormir, nunca mais acordaria e zarparia direto para o céu. Essas lantejoulas faziam com que Annabel e Midge brincassem com suas fantasias na luxúria de suas consciências tranquilas.

Midge jogava com uma seriedade que era não apenas a exigida, mas extrema. O único abalo na amizade das garotas aconteceu quando Annabel disse que a primeira coisa que compraria com seu milhão de dólares seria um casaco de pele de raposa. Foi como se tivesse apunhalado Midge pelas costas. Quando Midge recuperou o fôlego, disse que nunca podia imaginar que Annabel fizesse tal coisa — casacos de raposa são tão vulgares que todo mundo tem! Annabel defendeu seu bom gosto, sustentando que eles não eram vulgares. Midge voltou a dizer que eram. E foi até um pouco longe demais, afirmando que não gostaria de ser vista usando um casaco de raposa, nem morta.

Nos dias seguintes, embora as duas continuassem se vendo constantemente, seus papos eram cuidadosos e infrequentes, e deixaram o jogo de lado. Então, certa manhã, quando Annabel entrou no escritório, virou-se para Midge e disse que tinha mudado de ideia. Já não gastaria um único centavo do seu milhão de dólares para comprar o tal casaco de raposa. Quando recebesse a herança, compraria um casaco de *mink*.

Os olhinhos de Midge brilharam e ela sorriu.

— Acho que você tomou a decisão certa — disse.

Saíram pela Quinta Avenida e recomeçaram o jogo. Era um daqueles dias de setembro, amaldiçoados pelo calor sufocante e nuvens de poluição no ar. As pessoas se arrastavam pela calçada, mas as duas garotas acertavam o passo e pisavam firme, com a segurança de duas jovens a caminho de uma grande fortuna. Já não havia necessidade alguma de começarem o jogo com uma declaração formal. Annabel foi direta ao assunto.

— Está bem — disse. — Você recebeu o seu milhão de dólares. O que faria com eles?

— Bem — Midge respondeu —, a primeira coisa que faria seria comprar um casaco de *mink*. — Mas disse isso mecanicamente, como se fosse uma resposta decorada para uma pergunta que já esperava.

— É — disse Annabel —, foi o que pensei. Um terrível casaco de *mink*. — Mas também ela falava como se fosse de cor. Com o calor que fazia, pensar em enfiar-se num casaco de *mink*, por mais gostoso, chique e fofo que fosse, era suficiente para fazer gotejar suor.

Caminharam em silêncio por alguns quarteirões. Então o olho de Midge foi arrebatado pelo que viu na vitrine de uma loja. Coisinhas brilhantes e geladas, num estojo escuro e elegante.

— Sabe — disse Midge —, mudei de ideia. Não seria um casaco de *mink*. Compraria um colar de pérolas. Pérolas de verdade.

Os olhos de Annabel seguiram os de Midge.

— Tem razão — disse. — Acho que é uma boa ideia. E faz sentido, porque pérolas podem ser usadas com qualquer roupa.

Só faltaram colar os narizes à vitrine. Nela só havia um objeto: um colar de duas voltas, de pérolas enormes e perfeitas, presas por uma esmeralda e enlaçadas num pescoço de manequim, feito de veludo rosa.

— Quanto acha que custa? — perguntou Annabel.

— Puxa, não faço a menor ideia — disse Midge. — Uma nota, eu acho.

— Uns mil dólares? — arriscou Annabel.

— Não sei, acho que mais — disse Midge. — Por causa da esmeralda.

— Uns dez mil dólares? — arriscou Annabel de novo.

— Não dá para saber — disse Midge.

O demônio cutucou as costelas de Annabel:

— Você tem coragem de entrar lá e perguntar o preço?

— Imagine! — disse Midge.

— Por que não? — riu Annabel.

— Ora, uma loja dessas nem fica aberta numa tarde de sábado — disse Midge.

— Fica, sim — disse Annabel. — Veja, há gente saindo. E tem um porteiro. Vamos lá.

— Está bem — disse Midge —, mas você terá de vir junto.

Elas disseram obrigadas, glacialmente, ao porteiro que as conduziu ao interior da loja. Lá dentro estava fresco e silencioso, um grande e elegante salão acarpetado, com paredes cobertas de lambris. Mas as garotas faziam expressões de amargo desdém, como se estivessem numa estrebaria.

Um vendedor, impecavelmente vestido, veio atendê-las e se curvou para cumprimentá-las. Seu rosto não traiu um único músculo diante da aparência delas.

— Boa tarde — ele disse, deixando bem claro que nunca se esqueceria se elas lhe fizessem o favor de aceitar sua saudação dita em voz baixa e grave.

— Boa tarde — responderam ambas em uníssono, com uma entonação gelada.

— Há algo que eu possa... ? — disse ele.

— Oh, estamos só olhando — disse Anabel. Era como se estivesse extraindo as palavras de uma cocheira.

O vendedor curvou-se.

— Minha amiga e eu estávamos só passando — disse Midge, e parou, como se ouvisse o som de suas próprias palavras. — Como eu estava dizendo, estávamos imaginando quanto custariam aquelas pérolas na sua vitrine.

— Ah, sim — disse o vendedor. — O colar de duas voltas. São duzentos e cinquenta mil dólares, madame.

— É? — disse Midge, com a boca bem aberta.

O balconista curvou-se:

— Uma peça absolutamente linda. Gostaria de examiná-la?

— Não, obrigada — disse Annabel.

— Minha amiga e eu estávamos só passando — disse Midge.

Saíram — e, pelas suas maneiras, em direção à miserável carroça que as esperava. O vendedor antecipou-se às duas, abriu-lhes a porta e novamente se curvou quando elas passaram.

As garotas retomaram o passeio pela Quinta Avenida e o desprezo estava estampado em seus rostos.

— Francamente! — disse Annabel. — Já viu coisa igual?

— Duzentos e cinquenta mil dólares! — disse Midge. — Só isso já é quase meio milhão de dólares!

— Que descaramento! — disse Annabel.

Continuaram andando. Aos poucos o desprezo se desfez, como se tivesse sido levado pela carroça puxada a burros. Seus ombros se curvaram e seus pés se arrastaram, como os dos outros na rua; trombaram uma na outra, sem perceber ou pedir desculpas, e saíram carambolando. Não tinham nada a dizer e seus olhos estavam embaçados.

De súbito, Midge aprumou-se, empinou o nariz e falou, com voz clara e firme:

— Escute, Annabel. Pense bem. Suponha uma pessoa tremendamente rica. Você não a conhece, mas ela a viu em algum lugar e quer fazer alguma coisa por você. E é uma pessoa bem idosa, está percebendo? Bem, aí essa pessoa morre, como se estivesse dormindo, e lhe deixa dez milhões de dólares. Bem, qual seria a primeira coisa que você compraria?

Um telefonema

Oh, Deus, faça com que ele telefone agora. Por favor, faça ele ligar agora. Nunca mais Lhe pedirei nada, juro. Não estou pedindo muito. Não Lhe custaria nada. Uma coisinha de nada. Só queria que ele ligasse agora. Oh, Deus. Por favor, por favor.
 Se eu não pensasse no assunto, talvez o telefone tocasse. Às vezes acontece. Ou se eu pensasse em outra coisa. Como se pudesse pensar em outra coisa. Talvez se eu contasse até quinhentos, de cinco em cinco, ele tocasse. Prometo contar devagar. Prometo não fazer trapaça. Mesmo se o telefone tocasse quando eu estivesse nos trezentos, eu não pararia de contar. Não atenderia enquanto não chegasse aos quinhentos. Cinco, dez, quinze, vinte, vinte e cinco, trinta, trinta e cinco, quarenta, quarenta e cinco, cinquenta... Toque, telefone. Por favor.
 É a última vez que olho para o relógio. Não vou olhar de novo. Agora são sete e dez. Ele disse que telefonaria às cinco. "Vou te ligar às cinco, querida." Acho que foi quando ele me chamou de "querida". Tenho quase certeza de que ele disse. Sei que ele já me chamou de "querida" duas vezes, e a outra foi

quando disse tchau. "Tchau, querida." Estava ocupado e não podia falar muito no escritório, mas me chamou de "querida" duas vezes. Acho que não se importou que eu ligasse para lá. Sei que não se deve ficar telefonando para eles no trabalho — eles não gostam muito. Quando você faz isso, eles sabem que você está pensando neles, que está precisando deles, e eles odeiam isso. Mas não falava com ele há três dias — nem uma vez em três dias. E só liguei para perguntar-lhe como ia; qualquer pessoa poderia ligar por este motivo. Ele não poderia ter se aborrecido com isso. Não poderia pensar que eu o estava importunando. "Não, claro que não", ele disse. E disse que iria me telefonar. Não precisava ter prometido. Não lhe pedi para prometer, juro. Tenho certeza de que não pedi. Não acho que ele fosse capaz de dizer que ia me ligar, e depois nunca mais telefonar. Oh, Deus, não o deixe fazer isso. Por favor.

"Vou te ligar às cinco, querida." "Tchau, querida." Estava ocupado e com pressa, e devia haver gente em volta, mas ele me chamou de "querida" duas vezes. Isso ninguém me tira, mesmo que nunca o veja de novo. Oh, mas é tão pouco. Não é suficiente. Nada será suficiente se eu não o vir de novo. Deus, por favor, deixe-me vê-lo de novo. Eu o quero tanto. Quero demais. Prometo ser boazinha, meu Deus. Tentarei ser melhor, se Deus me deixar vê-lo de novo. Faça com que ele me telefone agora.

Ah, Deus, não deixe que minhas preces Lhe pareçam tão insignificantes. O Senhor fica sentado no seu trono aí em cima, todo velhinho e de branco, cercado de anjos e com uma chuva de estrelas em volta. E eu só Lhe peço um telefonema. Não ria, meu Deus. O Senhor não sabe o que é isto. O Senhor está seguro aí nas nuvens, com todo aquele azul embaixo. Nada pode tocá-Lo, ninguém pode fazer gato e sapato do Seu coração. Pois *isto* é o sofrimento, meu Deus, muito sofrimento. Não pode me ajudar? Pelo amor de Seu Filho, me ajude! O Senhor não disse que faria o que Lhe fosse pedido em nome Dele? Oh, meu Deus, em nome de Jesus Cristo, nosso Senhor, faça com que ele me telefone agora.

Preciso parar com isso. Não posso continuar assim. Vejamos. Suponha que um rapaz diga que vai telefonar para uma moça, mas aí alguma coisa acontece e ele não liga. Não é tão terrível, é? Ora, acontece o tempo todo, em qualquer parte do mundo. Bolas, e que me importa o que está acontecendo no resto do mundo? Por que o raio deste telefone não toca? Por que, por quê? Por que você não toca, seu chato? Bobo, feio, lindo. Ia te machucar se tocasse? Claro, ia te machucar. Pois vou arrancar os seus fios da parede e esmagar essa merda de aparelho preto em pedacinhos, seu merda.

Não, não, não. Nada disso. Preciso pensar em alguma coisa. É o que vou fazer. Vou pôr o relógio no outro quarto. Assim não ficarei olhando para ele. Se tiver que ver as horas, terei de ir até o outro quarto, e isso será alguma coisa para fazer. Talvez, antes de eu ver as horas de novo, ele me telefone. Prometo ser doce com ele, se me telefonar. Se disser que não pode me ver esta noite, vou dizer, "Ora, tudo bem, querido, claro que está tudo bem". Serei do mesmo jeito que fui quando o conheci. Talvez ele goste de mim de novo. Eu era tão doce, no começo. Oh, é tão fácil ser doce com uma pessoa antes de você começar a amá-la.

Acho que ele ainda gosta de mim um pouco. Não poderia ter me chamado de "querida" duas vezes, se ainda não gostasse de mim um pouquinho. Nem tudo está perdido se ele ainda gostar de mim, mesmo que seja só um pouquinho, um tiquinho. Está vendo, meu Deus, se o Senhor fizesse com que ele me telefonasse agora, eu não Lhe pediria mais nada. Eu seria doce com ele, seria alegre, seria como era antes e ele me amaria de novo. E eu não teria de Lhe pedir mais nada. Não está vendo, meu

Deus? Por favor, faça com que ele me telefone agora, por favor, por favor.

Estou sendo castigada, meu Deus, porque fui má? O Senhor está brabo comigo só porque fiz *aquilo*? Mas, oh, meu Deus, há tanta gente ruim no mundo — tenho que pagar por todos os pecados? Não fizemos mal a ninguém, meu Deus. As coisas só são más quando ferem outras pessoas. Não magoamos ninguém, nem eu, nem ele. O Senhor sabe disto, não é, meu Deus? E sabe também que foi gostoso. Por favor, faça com que ele me telefone agora.

Se ele não telefonar, então saberei que o Senhor está zangado comigo. Vou contar de cinco em cinco até quinhentos e, se ele não tiver me ligado até lá, então saberei que o Senhor não irá me ajudar, nunca mais. Será uma espécie de sinal. Cinco, dez, quinze, vinte, vinte e cinco, trinta, trinta e cinco, quarenta, quarenta e cinco, cinquenta, cinquenta e cinco... Eu sabia que não ia dar certo. Está bem, Deus, então me mande para o inferno. Pensa que me assusta com o Seu inferno, não é? Pois o Seu inferno não chega aos pés do meu.

Não devo. Não devo fazer isto. Suponha que ele apenas tenha se atrasado um pouco para me ligar — por que devo ficar histérica? Talvez ele nem pense em ligar e esteja vindo diretamente para cá. Ele vai ficar brabo se desconfiar que estive chorando. Eles não gostam que a gente chore. Ele não chora. Por Deus do céu, gostaria de fazê-lo chorar. Se eu pudesse fazê-lo chorar e se arrastar pelo chão e fazer o seu coração ter vontade de explodir, de tão pesado. Oh, como eu *adoraria* magoá-lo!

Ele não deseja isto para mim. Acho que ele nem sabe como me sinto. Mas gostaria que soubesse, sem que eu tivesse de contar--lhe. Eles não gostam que você conte que a fizeram chorar. Não gostam que você lhes diga que está infeliz por causa deles. Se você faz isto, eles te acham possessiva e exigente. E aí te odeiam. Te odeiam por você dizer o que sente. É preciso estar sempre fingindo. Oh, pensei que, desta vez, não iria precisar; achei que era um amor tão grande que poderia dizer o que quisesse. Mas já vi que não, nunca. Acho que nenhum amor será grande o suficiente para isto. Oh, se ele ao menos telefonasse, eu não diria que estou triste por causa dele. Eles não gostam de moças tristes. Eu pareceria tão doce e alegre ao telefone que ele não teria como não gostar de mim. Se ele apenas telefonasse.

Talvez seja o que ele está fazendo. Talvez esteja vindo para cá sem telefonar. Talvez já esteja a caminho. Alguma coisa deve ter acontecido. Não, nada lhe poderia ter acontecido. Não consigo imaginar nada lhe acontecendo. Nunca poderia imaginá-lo atropelado. Frio, morto e esticado numa calçada. Queria que ele estivesse morto. Esse desejo é terrível. Uma gostosura de desejo. Se estivesse morto, ele seria meu. Se estivesse morto, eu não estaria pensando no agora e nas últimas semanas. Iria pensar apenas nos momentos felizes. Seria tão lindo. Gostaria que ele estivesse morto. Morto, morto, morto.

Isto é uma besteira. É idiotice desejar que as pessoas morram só porque não telefonaram no exato minuto em que prometeram. Talvez o relógio esteja adiantado; nunca sei se está certo. Talvez ele tenha apenas se atrasado. Qualquer coisa poderia fazê-lo atrasar-se. Talvez tenha ficado até mais tarde no escritório. Talvez tenha ido para casa, a fim de me ligar de lá, e apareceu alguém. Ele não iria me telefonar na frente de alguém. Talvez esteja um pouco aborrecido, só um pouquinho, por me deixar aqui no toco. Pode estar até esperando que eu ligue. Por que não? Por que não telefono?

Não devo. Não devo, não devo. Oh, meu Deus, não deixe que eu lhe telefone. Por favor, não me deixe fazer isto. Eu sei, meu Deus, e o Senhor também, que se ele estivesse preocupado comigo iria ligar de onde estivesse e com qualquer multidão em volta. Só queria ter certeza disto, meu Deus. Não estou Lhe pedindo para me facilitar as coisas — o Senhor não seria capaz disto, mesmo tendo criado o mundo. Só queria ter certeza. Não me deixe morrer esperando. Não deixe que eu fique me enganando. Não me deixe esperar, meu Deus. Por favor.

Não vou ligar para ele. Nunca mais ligarei para ele. Ele que se frite no inferno antes que eu ligue para ele. Não preciso que o Senhor me dê força, meu Deus; já tenho força que chegue. Se ele me quisesse, me teria. Ele sabe onde me encontrar. Sabe que estou esperando aqui. Acha que estou no papo. Por que será que os homens desprezam uma mulher que eles sabem que está no papo? Para mim, seria uma coisa tão doce saber que alguém está no papo.

Seria fácil ligar para ele. Aí eu saberia. Talvez fosse a melhor coisa a fazer. Talvez ele não se importasse. Talvez até gostasse. Talvez ele esteja tentando me ligar. Às vezes as pessoas tentam e tentam ligar para alguém e dizem que o número não responde. Não estou dizendo isto para me consolar; às vezes acontece. O Senhor sabe que acontece, meu Deus. Oh, meu Deus, me mantenha longe daquele telefone. Bem longe. Deixe-me conservar pelo menos um pouquinho do meu orgulho. Acho que vou precisar. Acho que é só o que vai restar de mim.

Bolas, e para que preciso de orgulho, se não posso suportar a ideia de não falar com ele? Esse tipo de orgulho é uma bobagem esfarrapada. O grande orgulho, o verdadeiro orgulho, está em não ter orgulho. Não estou dizendo isto só porque quero ligar para ele. Não estou. É verdade. Eu sei que é verdade. Pois vou ser forte. Vou estar acima desses pequenos orgulhos.

Por favor, meu Deus, não deixe que eu ligue para ele. Por favor.

Não sei o que o orgulho tem a ver com a história. É uma coisa tão à toa que não sei por que estou fazendo tanto escarcéu, a ponto até de falar em orgulho. Talvez eu não tenha entendido bem o que ele falou. Pode até ter dito para que eu lhe ligasse às cinco. "Me ligue às cinco, querida." Ele pode ter dito isto, perfeitamente. É possível que eu não tenha ouvido direito. "Me ligue às cinco, querida." Tenho quase certeza de que foi o que ele disse. Meu Deus, não deixe que eu fale assim comigo de novo. Por favor, preciso saber!

Vou pensar em alguma outra coisa. Vou ficar sentada quietinha. Se ao menos pudesse ficar quietinha! Ou ler um pouco. Mas todos os livros só falam de pessoas que se amam de verdade, com ternura. Por que vivem escrevendo sobre isso? Não sabem que é mentira? Uma merda duma mentira? Por que escrevem sobre isso, quando sabem que machuca? Merda, merda, merda.

Não vou ler. Vou ficar quieta. Afinal, qual é o problema? Vamos ver. Suponha que ele fosse alguém que eu não conhecesse muito bem. Suponha que fosse uma outra moça. Bastaria que eu passasse a mão no telefone e dissesse, "Puxa, o que aconteceu com você?". Pois é o que eu faria, com a maior naturalidade do mundo. Por que não posso fazer o mesmo? Só porque o amo? E se puder? Pois eu posso. Sinceramente. Vou ligar para ele, como quem não está nem aí. Não me deixe fazer isto, meu Deus. Não deixe, não deixe, não deixe.

Meu Deus, o Senhor não vai fazê-lo ligar para mim? Tem certeza, meu Deus? Não tem piedade? A mínima? Nem Lhe peço para que ele me telefone neste minuto, mas daqui a pouco. Vou contar de cinco em cinco até quinhentos. Bem devagar e sem pular um número. Se ele não me telefonar até lá, eu ligo para ele. Vou, sim. Oh, por favor, meu Deus, meu querido Deus, meu Pai que está nos céus, faça com que ele me telefone antes disso.

Cinco, dez, quinze, vinte, vinte e cinco, trinta, trinta e cinco...

Primo Larry

A jovem com o vestido de crepe da China, estampado com pagodinhos em meio a um milharal gigante, cruzou as pernas e inspecionou, com invejável satisfação, o bico de sua sandália verde. Então, com calma e tranquilidade, checou uma por uma suas unhas, todas de um vermelho tão espesso e brilhante que era como se ela tivesse acabado de matar um boi com suas mãos. Em seguida, descansou abruptamente o queixo em seu peito e dedicou-se a encaracolar os cabelos que lhe desciam pelo pescoço; e mais uma vez parecia envolta em confortável satisfação. Aí acendeu um cigarro, que lhe pareceu, como tudo nela, uma delícia. E só então continuou o que vinha dizendo.

"Não, de jeito nenhum", ela disse. "Sinceramente, fico revoltada com toda essa história sobre Lila — é 'pobre Lila' para cá e 'Coitadinha!' para lá. Se querem ficar com pena dela, tudo bem, este é um país livre, mas acho que estão todos loucos. Se querem ter pena de alguém, por que não têm pena de primo Larry? Aí teriam recuperado a razão. Escutem, ninguém tem que sentir pena de Lila. Ela se diverte à beça; nunca faz nada sozinha que não queira fazer. Distrai-se mais do que qualquer pessoa que conheço. E, como se não bastasse, é tudo culpa dela. É o jeito dela — sujo, abominável. Por que alguém deveria ter pena de uma pessoa quando a culpa é toda dela? Faz sentido? Estou só perguntando.

"Escutem, eu conheço Lila. Conheço-a há anos. Vejo-a praticamente todos os dias. Vocês sabem quantas vezes os visitei na fazenda. Só se conhece uma pessoa depois que a gente a visita. É por isso que conheço Lila. E gosto dela. Sinceramente. Acho Lila legal quando ela está legal. Mas quando ela começa a gemer e a se queixar e ficar fazendo perguntas bobas e acabar com a animação dos outros, me dá vontade de vomitar. Na maior parte do tempo, ela é ótima. Só que é egoísta. Só pensa nela. E todo mundo fica criticando Larry por ir tanto à cidade e a montes de lugares sem ela! Escutem, ela fica em casa porque quer. Ela *gosta* de dormir cedo. Já a vi fazer isto montes de vezes quando fui visitá-la. Para mim, ela é um livro aberto. O dia em que ela não fizer exatamente o que *quer*!

"Sinceramente, fico fula quando ouço alguém levantar a palavra contra Larry. Que alguém se atreva a fazer isso na minha frente. Poxa, o homem é um santo! O que ele já aguentou, depois de dez anos com aquela mulher! Ela não o deixa em paz *um segundo*; mete-se em tudo e sempre quer saber qual é a piada ou por que ele está rindo tanto e, ah, conte, conte, para que ela possa rir também. Só que ela é daquelas idiotas metidas a sérias, que não conseguem rir de nada e então tentam ficar engraçadinhas e... bem, de que adianta *tentar*? Pobre Larry! Mesmo se tentasse, não poderia ter melhor humor ou ser mais engraçado do que já é. Achei que ela iria levá-lo à loucura, anos atrás.

"Aí, quando vê o rapaz se divertindo um pouco com alguém por alguns minutos, fica... bem, não exatamente com ciúmes, porque é egoísta demais para sentir um pingo de ciúme, mas fica desconfiada, com aquela mente suja e nojenta. Ela desconfia até de mim! Agora eu pergunto a vocês. Eu, que conheço Larry praticamente desde que nasci. Poxa, há anos que o chamo de primo Larry — isso mostra a vocês o que eu sinto em relação a ele. E a primeira vez que estive lá com eles, ela já começou a me perguntar por que eu o chamava de primo Larry, e eu disse, ah, eu o conheço há tanto tempo, é quase como se fôssemos parentes, e aí ela ficou toda coquete, aquela idiota, e disse, bem, eu deveria considerá-la parte da família também, e eu disse, claro, vai ser ótimo. O fato é que tentei chamá-la de tia Lila, mas não me sentia à vontade. E ela não gostou muito, também. Ela é daquelas pessoas que só se sentem felizes quando estão na pior. Ela *adora* a infelicidade. Vocês precisam vê-la fazendo alguma coisa que ela *detesta* fazer. Os olhinhos brilham!

"Sinceramente. Pobre primo Larry. Imaginem aquela cretina tentando suspeitar de alguma coisa, só porque o chamo de primo Larry. É claro que não lhe dei conversa, acho que minha amizade com Larry vale muito mais do que *isso*. E ele me chama de Queridinha, como sempre fez. Ele sempre me chamou de Queridinha. Será que ela não imagina que, se houvesse alguma coisa a mais que isso, ele jamais me chamaria assim na frente dela?

"Realmente. Não é que eu perca um pingo de sono por ela, mas sinto pena de Larry. Nunca mais poria os pés naquela casa se não fosse por ele. Mas ele diz — claro que Larry jamais abriria a boca para dizer uma palavra contra ela, porque ele é do tipo que se encaramuja a respeito de qualquer mulher que viva com ele… bem, Larry diz que ninguém pode fazer ideia do que é estar sozinho com Lila. É por isso que vou lá de vez em quando. E sei o que ele quer dizer com isso. Ora, na primeira vez que fui lá, ela se foi dormir às dez da noite. Primo Larry e eu estávamos tocando alguns discos antigos — bem, a gente tinha de fazer *alguma* coisa, afinal ela não achava graça e nem se interessava por nada do que a gente fazia, e ficava lá, parada como uma mula. E aí, por acaso, descobri um monte de discos que Larry e eu costumávamos ouvir para dançar ou cantar juntos. Vocês sabem o que acontece quando se conhece alguém como Larry e eu nos conhecemos; sempre há coisas que nos lembram de outras, e então ficávamos tocando aqueles discos, rindo e dizendo coisas como 'Lembra-se daquela noite?' ou 'O que isto te faz lembrar?' e coisas assim; e aí, imaginem, Lila ficou uma onça, disse que tinha certeza de que não nos importaríamos se ela fosse para a cama e subiu, oh, estava tão cansada, coitada. E aí Larry me contou que ela sempre faz isto quando *ele* está se divertindo. Bem, se ela fica sempre tão cansada quando ele tem um convidado, o problema é dela. Uma bobagem daquelas não é de cansar ninguém. Mas, quando ela ameaça ir para a cama, ela vai *mesmo*.

"É por isso que vou tanto lá. Larry põe as mãos para o céu quando alguém aparece, depois que Lila vai dormir às dez da noite. Além disso, Larry sabe que pode contar comigo para jogar golfe com ele durante o dia; Lila não sabe jogar — acho que ela tem um problema íntimo, não tem? Eu nem chegaria perto dela se não fosse por Larry, para ajudá-lo. E vocês sabem como ele gosta de se divertir. E Lila é *velha* — eu não diria gagá, mas quase. E Larry... bem, claro que não faz diferença se homem é velho ou não — em termos de idade, claro. O que importa é como ele se sente. E Larry é um garoto. Vivo dizendo a Lila, para tirar-lhe aquelas ideias de minhoca da cabeça, que primo Larry e eu somos dois maluquinhos quando estamos juntos. Então, eu pergunto, vocês não acham que ela devia se convencer de que já *morreu* e deixar *outras* pessoas se divertirem de vez em quando? Se ela *gosta* de se deitar cedo, ótimo — ninguém a impede. Por que ela não cuida da vida e para de xeretar sobre o que está acontecendo?

"Ouçam esta. Um dia eu estava lá e, por acaso, estava usando orquídeas no cabelo. E então Lila disse, oh, que lindas, quem lhe mandou? *Sinceramente*. E com a maior cara de pau. Então, pensei, vai ser bem-feito para ela, e contei que tinha sido primo Larry. Disse que era uma espécie de aniversário particular nosso — vocês sabem como é, quando se conhece alguém por muito tempo, a gente tem esses aniversarinhos particulares, para comemorar o primeiro dia em que ele a levou para almoçar ou a primeira vez que lhe mandou flores ou coisas assim. Era uma daquelas ocasiões e aí eu disse a Lila como primo Larry era um amigo maravilhoso para mim, como vivia se lembrando dessas coisas, como gostava de fazer isto, como se sentia feliz sendo tão doce. Aí eu pergunto. Qualquer pessoa *normal* não veria como tudo aquilo era *tão* inocente? E sabem o que ela disse? Juro. Ela disse: 'Eu também gosto de orquídeas'. Então pensei comigo, bem, se você fosse uns quinze anos mais jovem, minha filha, talvez encontrasse um homem que lhe mandasse flores assim — mas não dei um pio. Disse apenas, 'Oh, fique com estas, Lila!'. Só isto; e eu nem precisava dizer nada, precisava? Mas, não, claro que ela não podia aceitar. Preferiu ir deitar, afinal estava tão cansada.

"Foi então que... oh, meu Deus, estava quase esquecendo de contar. Vocês vão ficar estateladas quando ouvirem. Na última vez em que estive lá, primo Larry tinha me mandado uma linda calcinha cor-de-rosa, com a frase *'Mais l'amour viendra'* bordada em preto. Significa 'O amor chegará'. Vocês sabem. Deve tê-la visto em alguma vitrine e pensou em mandá-la para mim, de brincadeira. Ele vive fazendo dessas coisas — pelo amor de Deus, não contem a ninguém, tá? Porque, se fosse alguma coisa *séria*, eu não estaria contando a vocês, estaria? Porque vocês sabem como as pessoas são. E já houve bastante fofoca só porque, de vez em quando, vou fazer companhia a Larry depois que a bruxa vai dormir.

"Bem, enfim, ele mandou a calcinha e quando cheguei para jantar — claro que éramos só nós três à mesa; isso é outro truque dela, nunca convida ninguém a menos que ele insista — eu disse, 'Estou usando, primo Larry'. Então, claro que Lila *tinha* de ouvir e perguntar, 'Está usando o quê?'. E ficou perguntando e perguntando, mas, naturalmente, eu nunca iria contar, mas foi tão engraçado que quase engasguei, tentando não rir, e, toda vez que meu olhar cruzava com Larry, quase explodíamos. E Lila ficava dizendo, Oh, o que será tão engraçado, ah, contem, contem, e como não contamos ela subiu para dormir, sem se importar como nos sentíamos. Puxa, já não se pode nem brincar. Pensei que este fosse um país livre.

"Sinceramente. E ela está conseguindo piorar. *Morro* de pena de Larry. Não imagino o que ele possa fazer. Uma mulher daquelas não daria o divórcio ao marido nem em um milhão de anos, mesmo que o rico fosse ele. Larry nunca diz nada, mas às vezes penso que ele ficaria felicíssimo se ela morresse. E todo mundo dizendo, 'Oh, pobre Lila' ou 'Oh, querida Lila, não é uma pena?'. E só porque ela encurrala essas pessoas em corredores e fica se lamuriando por não poder ter filhos. Oh, como ela gostaria de ter um filho. Oh, se ela e Larry tivessem um filho e blá, blá, blá, blá, blá. Aí, os olhos dela se enchem de lágrimas — vocês já viram isso acontecer. Os olhos cheios d'água! Claro, só faz o que quer e por isso chora o dia inteiro. Acho que essa história de não ter filhos é puro teatro. Para chamar a atenção. É tão egoísta que não abriria mão de uma unha para ter um filho. Teria, por exemplo, que ficar acordada depois das dez da noite.

"Pobre Lila! Por que não dizem 'Pobre Larry' para variar? Ele é que é digno de pena. Só sei que vou fazer tudo que puder pelo primo Larry. Isso eu garanto."

A jovem com o vestido de crepe estampado retirou o toco do cigarro da piteira e pareceu, como sempre, descobrir um crescente prazer na visão familiar de suas unhas ricamente esmaltadas. Então tirou de sua bolsa um estojinho de ouro e inspecionou seu rosto no espelhinho como quem observa uma obra de arte. Franziu as sobrancelhas, pintou as pálpebras com exagero, balançou a cabeça como se não entendesse por que o mundo era daquele jeito e moveu sua boca lateralmente como um peixe semitropical. Quando tudo isto terminou, parecia ainda mais confiante em seu bem-estar. Então, acendeu outro cigarro e pareceu achar também isto impecável. E, finalmente, começou a repetir toda a arenga que já tinha desfiado antes.

E aqui estamos!

O jovem de terno azul finalmente terminou de arrumar a bagagem estalando de nova nos acanhados escaninhos do vagão Pullman. O trem vinha resfolegando nas curvas e disparando nas retas, tornando qualquer equilíbrio uma façanha digna de nota, apesar de esporádica. Mas o jovem tinha conseguido enfiar, prender, trocar de lugar e finalmente acomodar as malas com redobrado carinho.

Claro que levar oito minutos para instalar duas valises e uma caixa de chapéu dificilmente poderia ser considerado um recorde.

Finalmente ele se sentou, parecendo desfrutar a pelúcia verde do assento defronte à moça de bege. A moça era novinha como um ovo sem casca. O chapéu, o casaco, o vestido e as luvas pareciam ter saído direto de uma butique da moda. No bico de um dos pés de seu sapatinho, também bege, estava colada uma etiqueta de papel branco, com o preço pago por ele e seu par, e o nome da loja onde tinham sido comprados.

Ela olhava embevecida pela janela, parecendo embriagar-

-se com cada um dos outdoors que passavam, apregoando as virtudes de um bacalhau desossado ou de peneiras à prova de ferrugem. Quando o rapaz se sentou, ela virou-se educadamente para fitá-lo, esboçou um sorriso pela metade, e concentrou seu olhar sobre o ombro direito do jovem.

— Bem! — disse o jovem.
— É — ela disse.
— Bem, aqui estamos — disse ele.
— É — disse ela. — Não é?
— Pois é — disse ele. — Uau!
— É — disse ela.
— Bem! — disse ele. — Bem, que tal se sente como uma senhora casada?
— Oh, ainda é cedo para saber — disse ela. — Afinal... quero dizer, afinal estamos casados há apenas três horas, não?

O jovem consultou seu relógio de pulso como se tivesse acabado de aprender a ver as horas.

— Estamos casados — disse ele — há exatamente duas horas e vinte e seis minutos.
— Meu Deus — disse ela. — Parece mais tempo.
— Não — disse ele. — Mal passa de seis e trinta.
— Parece mais tarde — disse ela. — Acho que é porque anoitece mais cedo nesta época.
— Justamente — disse ele. — As noites vão ficar bem mais longas a partir de agora. Quero dizer... escurece mais cedo nesta época do ano.
— Não tinha a menor ideia de que horas eram — disse ela. — Tudo ficou tão confuso. Não sei onde estou ou o que está acontecendo. Sair da igreja, depois aquela gente toda jogando coisas, correr para trocar de roupa... Deus, não sei como as pessoas fazem isto todo dia.
— Fazem o quê? — ele disse.

— Casar — ela disse. — Quando penso no mundo de gente que se casa diariamente, nesse mundo todo, como se fosse nada! Os chineses, enfim, todo mundo. E como se não fosse nada.

— Bem, não vamos nos preocupar com o resto do mundo — ele disse. — Nem vamos perder muito tempo com os chineses. Temos coisa melhor para pensar. Quero dizer, o que nós temos com a vida deles?

— Eu sei — ela disse. — Mas fico pensando sobre eles, todos eles, em toda parte, fazendo isto o tempo todo. Quero dizer, casando. É uma coisa tão importante que me deixa intrigada. Todo mundo se casando como se não fosse nada. E quem sabe o que vai acontecer depois?

— Deixe que eles se preocupem — disse ele. — Não é conosco. Sabemos muito bem o que vai acontecer conosco daqui a pouco. Sabemos que vai ser ótimo. Isto é, sabemos que vamos ser felizes. Não é?

— Oh, claro — ela disse. — É que, quando penso naquela gente, não consigo parar de pensar. Me sinto esquisita. Um bando de gente que se casa e não dá certo. E acho que todos pensavam que iria ser ótimo.

— Ora, bobinha — ele disse. — Isso não é maneira de começar uma lua de mel, com todo esse pessimismo. Veja o nosso caso: casadinhos e tudo mais! Enfim... casadinhos da silva!

— Foi ótimo, não foi? — disse ela. — Você gostou mesmo do meu véu?

— Você estava fantástica — disse ele. — Simplesmente fantástica.

— Oh, que ótimo — disse ela. — Ellie e Louise estavam lindas, não? Fiquei superfeliz porque elas optaram por vestidos rosa. Foram perfeitas damas de honra.

— Olhe, vou lhe contar uma coisa — ele disse. — Quando eu estava à beira do altar, esperando por você, e vi aquelas duas moças, pensei comigo mesmo: "Puxa, nunca imaginei que Louise fosse desse jeito". Ela estava de fechar o comércio.

— Ah, é? — ela disse. — Engraçado. Claro, todo mundo elogiou o vestido e o chapéu de Louise, mas houve quem me dissesse que ela parecia um pouco cansada. Aliás, não é de hoje que comentam isso. Eu respondo que é uma maldade ficarem falando assim e que eles têm de levar em conta que Louise não é mais criança, e que isto precisa ser levado em consideração. Louise pode dizer que tem vinte e três anos, mas ela está muito mais para vinte e sete.

— Seja como for, estava um estouro no casamento — disse ele.

— Que bom que você achou — disse ela. — Que bom que alguém achou. E que tal Ellie?

— Para dizer a verdade, nem reparei — disse ele.

— É mesmo? — disse ela. — Pois foi uma pena. Não acho que deveria dizer isso a respeito de minha própria irmã, mas nunca vi uma mulher mais bonita do que Ellie estava hoje. E sempre tão doce e altruísta. E você nem reparou. Mas, claro, você nunca presta a menor atenção a Ellie. Não pense que nunca notei. Me sinto péssima com isso. Acho horrível você não gostar de minha irmã.

— Mas eu gosto dela! — ele disse. — Sou louco por Ellie. Acho-a uma grande garota.

— Não pense que isto faça qualquer diferença para Ellie — disse ela. — Ellie já tem um bando de rapazes loucos por ela. Ela não quer nem saber se você gosta dela ou não. Não fique se pavoneando desse jeito. Só que, e este é o problema, é duro para mim saber que você não gosta dela, só isso. Fico pensando, quando voltarmos da lua de mel e entrarmos naquele apartamento, vai ser duro para mim saber que você não vai querer que a minha própria irmã me visite. Já vai ser bastante difícil para mim que você não queira ver minha família por perto. Sei muito bem o que você acha de minha família. Não pense que nunca reparei. Só que, se você não quiser saber deles, o azar é seu. Não deles. Não pense que você é o máximo.

— Ora, espere aí — ele disse. — Que história é essa de não querer a sua família por perto? Você sabe o que eu acho de sua família. Acho a velha, digo, sua mãe, ótima. E Ellie. E seu pai. Que história é esta?

— Conheço essa história — disse ela. — Não sou boba. Um monte de gente se casa e acha que vai dar tudo certo, e aí a coisa acaba porque um não gosta da família do outro ou coisa assim. Não nasci ontem.

— Querida — ele disse —, o que significa isto? Por que está tão irritada? É nossa lua de mel. Para que começar uma briga agora? Ah, acho que você está meio nervosa.

— Eu? — ela disse. — Por que estaria nervosa? E quer saber de uma coisa? Não estou nervosa!

— Sabe como é — ele disse —, muitas vezes parece que as moças ficam meio nervosas e agitadas quando pensam que daí a pouco... bem, você sabe. Talvez as coisas estejam mesmo meio confusas ainda, mas vai dar tudo certo. Escute, querida, você não parece muito bem instalada. Não quer tirar o chapéu? E não vamos brigar nunca mais, vamos?

— Desculpe por ter sido grossa — ela disse. — Até eu me estranhei. Meio confusa, pensando naquele mundo de gente por aí e, de repente, sozinha com você. É tão diferente. É uma mudança radical. Não se pode condenar uma pessoa por pensar alto, não é? Não, nunca mais vamos brigar. Nós não seremos como os outros. Não vamos brigar ou discutir, não é?

— Aposto que não — ele disse.

— Acho que vou tirar essa droga desse chapéu — ela disse. — Ele me aperta um pouco. Ponha-o no cabide, por favor, querido. Gostou dele?

— Ficou bem em você — disse ele.

— Eu sei — disse ela —, mas você gostou dele?

— Bem, para dizer a verdade — disse ele —, eu sei que a moda é esta e deve ser fantástica. Não entendo muito deste assunto. Mas eu gostava daquele azul que você usava. Puxa, adorava aquele chapéu.

— Ah, é? — ela disse. — Que interessante. Que ótimo. A primeira coisa que você me diz, no momento em que me põe num trem, longe de minha família, é que não gosta do meu chapéu. A primeira coisa que diz à sua mulher é que ela tem péssimo gosto para chapéus. Não é ótimo?

— Espere aí, querida — ele disse. — Não foi o que eu quis dizer.

— O que você parece não compreender — disse ela — é que este chapéu custou vinte e dois dólares. *Vinte e dois* dólares. E que aquela coisa horrível azul de que você pensa que gosta não chegou nem a quatro dólares.

— Estou pouco ligando para quanto custou — disse ele. — Só disse que gostava do chapéu azul. Não entendo nada de chapéus. Vou adorar este que você está usando assim que me acostumar com ele. Só que ele não se parece com os que você usava. Não acompanho a moda feminina. Como posso entender de chapéus?

— É uma pena — disse ela — que você não tenha se casado com alguém que use o tipo de chapéus que prefere. Chapéus que custam menos de quatro dólares. Por que não se casou com Louise? Você sempre a achou tão linda. Iria adorar seu gosto por chapéus. Por que não se casou com ela?

— Ora, querida! — disse ele. — Pelo amor de Deus!

— Por que não se casou com ela? — continuou. — Não parou de falar dela desde que entrou neste trem. E eu aqui, feito uma boboca, ouvindo e ouvindo você falar da maravilha que ela é. Por que não a pediu em casamento? Acho que ela teria saltado no seu colo. Não há muitos rapazes por aí a pedindo em casamento. Foi uma pena que não tivesse se casado com ela. Teriam sido muito mais felizes.

— Então escute, querida — disse ele —, já que estamos falando no assunto, por que não se casou com Joe Brooks? Ele poderia lhe dar todos os chapéus de vinte e dois dólares que você quisesse!

— Bem, não sei se algum dia não vou me arrepender — disse ela. — Tem razão! Joe Brooks não iria esperar para me tirar de casa e depois me chamar de cafona. Joe Brooks não teria me magoado. Ele sempre gostou de mim. Você tem razão!

— Claro — ele riu. — Joe Brooks sempre gostou de você. Gosta tanto que nem lhe mandou um presente de casamento. É porque gosta muito de você.

— Acontece que fiquei sabendo, por acaso — disse ela —, que ele teve de viajar a negócios e, assim que voltar, vai me mandar alguma coisa para o apartamento.

— Escute — ele disse —, não quero saber de nada vindo dele em nosso apartamento. O que ele mandar, vou fazer voar pela janela. É o que eu acho do seu amigo Joe Brooks. E como a senhora anda tão bem informada de onde ele vai ou quando volta? Tem falado com ele?

— Acho que meus amigos podem me informar — disse ela. — Acho que não existe nenhuma lei contra isto.

— Acho seus amigos uns enxeridos — disse ele. — E não preciso que minha mulher fique sabendo do paradeiro de um caixeirinho-viajante barato.

— Joe Brooks não é um caixeiro-viajante barato — disse ela. — Ganha muito dinheiro!

— Ah, é? — disse ele. — Como sabe disso?

— Ele mesmo me contou — ela disse.

— Oh, ele mesmo contou — disse ele. — Sei. Ele mesmo contou.

— Você tem razão em se preocupar com Joe Brooks. Você e sua amiga Louise. Você só fala de Louise.

— Ora, por favor! — disse ele. — O que tenho a ver com Louise? Só pensei que ela fosse sua amiga. Senão, nunca a teria notado.

— Bem, sem dúvida você a notou o tempo todo hoje — ela disse. — No dia do nosso casamento! Você confessou que, diante do altar, só conseguia pensar nela. Bem diante do altar. Na frente de Deus! E você só pensava em Louise!

— Escute, querida — ele disse. — Eu não deveria ter dito aquilo. Como alguém pode saber o tipo de loucuras que passam pela cabeça de um sujeito que está ali se casando? Só lhe contei porque foi tudo uma loucura. Achei que você ia achar graça.

— Eu sei — ela disse. — Está tudo muito confuso hoje, para mim também. Eu mesma disse. Tudo tão estranho. E eu pensando o tempo todo sobre aquela gente toda no mundo inteiro e, de repente, nós dois sozinhos e tudo o mais. Eu sei que você também está confuso. Só que, quando você começou a falar de Louise, achei que era com um pouco de malícia e com alguma coisa em mente.

— Pois não foi — disse ele. — Só falei de Louise porque achei que você ia rir.

— Pois não achei a menor graça — disse ela.

— Já reparei — disse ele. — Ora, sua boba, vamos rir um pouco. É nossa lua de mel. Qual é o problema?

— Não sei — ela disse. — Costumávamos discutir bastante quando começamos a sair juntos e depois quando ficamos noivos etc., mas achei que tudo seria diferente depois que nos casássemos. Agora, estou me sentindo meio esquisita. Sei lá, meio sozinha.

— Veja bem, querida — ele disse. — Ainda não estamos realmente casados. Quer dizer... (*pigarro*) as coisas vão ficar um pouco diferentes em seguida. Merda! Poxa, estamos casados há tão pouco tempo.

— Eu sei — disse ela.

— Bem, já não teremos que esperar muito — ele disse. — Isto é... (*pigarro*) dentro de vinte minutos estaremos em Nova York. Aí poderemos jantar e ver o que você estiver a fim de fazer. Quero dizer, há alguma coisa em particular que você queira fazer esta noite?

— O quê? — ela disse.

— Bem, não sei — ele disse. — Talvez ir a um teatro ou coisa assim.

— Sei lá, o que você quiser — ela disse. — É que nunca pensei que as pessoas fossem ao teatro ou a outros lugares em sua noite de... Pensando bem, preciso escrever algumas cartas esta noite. Não me deixe esquecer.

— Ah! — ele disse. — Você vai tirar *esta* noite para escrever cartas.

— É, você sabe — ela disse. — Tenho sido tão desleixada. Com toda essa confusão, ainda não pude agradecer à sra. Sprague pela escumadeira, nem ao casal McMasters por aquele par de elefantes de marfim para segurar livro. Estou morta de vergonha. Preciso escrever-lhes esta noite mesmo.

— E quando você acabar de escrever suas cartas — disse ele —, talvez eu possa lhe trazer uma revista ou um saco de amendoins.

— O quê? — ela disse.

— Nada de mais — disse ele. — Só não quero que você fique entediada.

— Como poderia ficar entediada com você? — disse ela. — Não seja bobo! Estamos casados! Entediada!

— Bem, o que eu tinha pensado — disse ele — é que, assim que chegássemos, iríamos direto para o Hotel Biltmore, deixaríamos as malas em qualquer canto, e talvez pudéssemos jantar no próprio apartamento. Depois ficaríamos bem juntinhos os dois, fazendo só o que quiséssemos. Ou seja... enfim, vamos direto da estação para o hotel.

— Oh, que ótimo, vamos fazer isto! — ela disse. — Estou tão feliz por ficarmos no Biltmore. Adoro aquele hotel. Nas duas vezes em que fui a Nova York, sempre ficamos lá. Papai, mamãe, Ellie e eu. Sempre durmo bem lá. Pego no sono no momento em que ponho a cabeça no travesseiro.

— Ah, é? — ele disse.

— No mínimo — ela disse. — Nos andares mais altos é tão tranquilo.

— Acho que deveríamos ir ao teatro amanhã ou qualquer outro dia, em vez de esta noite, você não acha? — ele disse.

— Claro, acho — ela disse.

Ele se levantou, desequilibrou-se por um momento pelo movimento do trem e se sentou ao lado dela.

— Você tem *mesmo* que escrever as tais cartas esta noite? — ele disse.

— Bem — ela disse —, não creio que elas cheguem lá muito atrasadas se eu escrevê-las amanhã de manhã.

Houve um silêncio durante o qual podia-se ouvir as coisas acontecendo.

— E nunca mais vamos brigar de novo, vamos? — ele disse.

— Não, nunca — ela disse. — Não sei por que fizemos isto. Foi tão esquisito, como um pesadelo, quando comecei a pensar naquela gente toda se casando e nada dando certo entre eles por causa das brigas. Fiquei toda confusa por causa disso. Mas não vamos ser como eles, não é?

— Não, não vamos — ele disse.

— Não vamos deixar que isso aconteça — ela disse. — Nunca iremos brigar. Será tudo diferente, agora que estamos casados. Será lindo. Por favor, querido, pode me dar o chapéu? Acho que já está na hora de colocá-lo. Obrigada. Oh, que pena que você não tenha gostado dele.

— Mas eu gosto dele! — ele esbravejou.

— Você disse que não gostava — ela insistiu. — Disse que o achava horrível.

— Nunca disse tal coisa — ele protestou. — Você está louca.

— Está bem, eu sou louca — ela disse. — Muito obrigada. Mas foi o que você falou. Não que isso tenha importância, não tem nenhuma. Mas é engraçado pensar que uma moça se case com alguém que diga que ela tem um péssimo gosto para chapéus. E que, além disso, ainda a chama de louca.

— Olhe, escute aqui — ele disse. — Não falei nada disso. Estou gostando do chapéu. Quanto mais olho para ele, mais gosto. Acho-o genial.

— Não foi o que você falou há pouco — ela disse.

— Querida — disse ele —, pare com isso, está bem? Por que quer começar outra briga? Eu adoro o maldito chapéu. Quero dizer, adoro o chapéu. Adoro qualquer coisa que você usar. O que quer mais que eu diga?

— Bem, não gostaria que você dissesse desse jeito — ela concedeu.

— Eu disse que ele era genial.

— Você acha mesmo? — ela disse. — Sinceramente? Ah, que bom. Eu odiaria que você detestasse o meu chapéu. Seria... não sei, como se a gente já estivesse começando mal.

— Ora, você sabe que eu sou louco por ele — ele disse. —

Bem, pelo menos isso já está resolvido, graças a Deus. Oh, querida. Não vamos começar mal. Estamos em lua de mel. Dentro de poucos instantes seremos um casal de verdade. (*Pigarro*) Quero dizer, em poucos minutos estaremos em Nova York, a caminho do hotel e tudo vai dar certo. Pense nisto. Estamos casados! E aqui estamos!

— É mesmo. Aqui estamos — ela disse. — Não estamos?

Diário de uma dondoca de Nova York

Durante dias de horror, desespero e mudanças mundiais

Segunda. Café na cama por volta das onze; mandei de volta. A champanha de ontem à noite no Amory era *horrível*, mas o que se *pode* fazer? Difícil ficar até as cinco da manhã sem *uma* gota. Aqueles músicos húngaros estavam *divinos* naqueles ternos verdes, e Stewie Hunter tirou um pé de sapato e os regeu, com ele, foi divertido *demais*. Ninguém consegue ser mais engraçado que ele no mundo *inteiro*. Ele é o *máximo*. Ollie Martin me trouxe de carro e ambos adormecemos no carro — que *horror*! Rose veio ao meio-dia para me fazer as unhas e, no meio daquelas lixas, trouxe também fofocas *divinas*. Os Morrises vão se separar a *qualquer* minuto, Freddie Warren está *definitivamente* com úlcera, Gertie Leonard não tira os olhos de Bill Crawford, mesmo com Jack Leonard debaixo do seu nariz, e tudo *aquilo* entre Sheila Phillips e Babs Deering era *absolutamente* verdade. *Nunca* vibrei tanto. Rose é *divina*; às vezes até penso que certas pessoas são muito mais inteligentes do que outras. Só depois que ela se foi é que notei aquele *horrível* esmalte tangerina em minhas unhas; *nunca* fiquei tão furiosa. Comecei a ler um livro; parei, muito nervosa. Liguei e descobri que tinha dois ingressos para a estreia de *Corra como um coelho* esta noite por quarenta e oito dólares. Disse que o descaramento deles era *demais*, mas o que se *pode* fazer? Achei que Joe tinha dito que ia jantar fora, assim liguei para outras pessoas *divinas*, ver se alguém podia ir ao teatro comigo, todos com compromissos. Finalmente peguei Ollie Martin. Custou a se decidir, mas o que se *pode* fazer quando alguém *é* indeciso? Não *consigo* decidir se uso o crepe verde ou a malha vermelha. Toda vez que olho para minhas unhas, dá vontade de *cuspir*. Maldita Rose.

Terça. Joe atracou em meu quarto esta manhã praticamente às *nove horas. Nunca* fiquei tão furiosa. Quis brigar, mas estava *morta*. Disse que não viria jantar. *Resfriada* o dia todo; não *conseguia* me mexer. Ontem à noite foi *divino*. Ollie e eu jantamos na rua 38, comida *absolutamente* veneno, *ninguém* que valesse a pena ver e *Corra como um coelho* foi o *horror* dos horrores. Arrastei Ollie para a festa dos Barlows e foi o *máximo*, nunca vi *tanta* gente feia junta. Havia uns músicos húngaros vestidos de verde e Stewie Hunter os estava regendo com um garfo — todo mundo quis *morrer*. Ele estava usando *quilômetros* de papel higiênico verde em volta do pescoço e estava o *máximo*. Conheci um carinha novo, *realmente* novo, alto e *maravilhoso*, um daqueles com quem se pode *realmente* conversar. Disse a ele que às vezes as pessoas me dão vontade de *vomitar*, e que eu sentia que tinha vontade de escrever ou pintar. Voltei para casa sozinha; Ollie caiu duro de bêbado. Liguei para o carinha três vezes de manhã para convidá-lo a jantar e ir comigo à estreia de *Nunca diga bom-dia*, mas primeiro ele estava fora e depois já tinha marcado com a mãe. Finalmente peguei Ollie Martin. Tentei ler um livro, mas não conseguia ficar quieta. *Difícil* decidir se uso a meia vermelha ou a rosa com as penas. Meio *exausta*, mas o que se *pode* fazer?

Quarta. A *pior* coisa do mundo acabou de acontecer *neste* minuto. Quebrei uma unha. Absolutamente a *pior* coisa que já me aconteceu na vida. Liguei para Rose vir aqui e ver o que podia fazer, mas ela tinha saído. Agora vou ter que ficar assim o resto do dia e da noite, mas o que se *pode* fazer? A noite passada foi *fantástica*. Achei *Nunca diga bom-dia* um *horror*, nunca vi tantas roupas tão *horrendas* num palco. Levei Ollie à festa dos Ballards; *fantástica*. Os músicos eram uns húngaros de roupa verde e Stewie Hunter brincava de reger com uma planta carnívora — *maravilha*. Ele estava usando o arminho de Peggy Cooper e o turbante prateado de Phyllis Minton — *simplesmente* inacreditável. Convidei *pilhas* de gente *divina* para vir aqui sexta à noite; peguei o telefone dos húngaros de verde com Betty Ballard. Ela disse que só os contratou para tocar até as quatro, mas quando alguém lhes dá outros trezentos dólares eles ficam até as cinco. *Nunca* vi nada tão barato. Ia voltar para casa com Ollie, mas tive que levá-lo para a casa *dele*. Nunca o vi *tão* de porre. Chamei o gostosão para jantar comigo esta noite e ir à estreia de *Tudo em cima*, mas ele já tinha compromisso. Joe vai estar fora; *claro* que ele não se *digna* a dizer *onde*. Comecei a ler os jornais, mas nada de interessante neles, exceto que Mona Wheatley está em Reno acusando o marido de *crueldade mental*. Liguei para Jim Wheatley para saber o que ele ia fazer esta noite, mas já tinha compromisso. Finalmente peguei Ollie Martin. Não *consigo* decidir se uso a seda branca, o chiffon preto ou o crepe com as pedrinhas amarelas. Simplesmente *arrasada* até hoje por causa da unha. É *absolutamente* insuportável. *Nunca* soube que *qualquer* pessoa já tenha passado por coisas como *esta*.

* * *

Quinta. Acho que vou ter um *colapso* agora mesmo. A noite passada foi *fantástica*, e *Tudo em cima* foi divino. *Nunca* vi peça mais escandalosa, mas o gostoso estava lá, uma *graça*, só que não me viu. Estava com Florence Keeler, vestida com aquele *horrendo* vestido da Schiaparelli que qualquer *balconista* tem desde não sei quando. Ele deve ter *simplesmente* pirado; ela estava um *horror*. Fui com Ollie à festa dos Watsons; absolutamente *chocante*. Todo mundo *absolutamente* doido. Havia uns húngaros vestidos de verde tocando e Stewie Hunter começou a regê-los com uma luminária; quando a luminária quebrou, ele e Tommy Thomas começaram a dançar um *pas de deux*. Foi *demais*. Alguém me disse que o médico de Tommy recomendou-lhe sumir por uns tempos, porque ele tem o *pior* problema de estômago no mundo, mas ele não quis nem saber. Voltei para casa sozinha, não podia encontrar Ollie em parte *alguma*. Rose veio à tarde para fazer minha unha, foi *fascinante*. Sylvia Eaton não põe *nem* o nariz fora de casa se não tiver uma seringa na bolsa; Doris Mason sabe *tudo* a respeito de Douggie Mason e aquela garota do Harlem; Evelyn North não *consegue* largar daqueles três acróbatas; e *ninguém* tem coragem de contar a Stuyve Raymond qual é o problema dele. *Nunca* vi uma pessoa com uma vida mais fascinante do que Rose. *Obriguei-a* a tirar aquele estúpido esmalte laranja de minhas unhas e trocá-lo por vermelho-sangue. Só depois que ela saiu, notei que as unhas ficam praticamente *pretas* no escuro; *nunca* fiquei tão furiosa. Podia *matar* Rose. Joe deixou um bilhete dizendo que ia jantar fora, assim telefonei ao tesão para ele me levar a jantar e irmos ao cinema, mas ele não estava. Mandei-lhe três telegramas para *não deixar de vir* amanhã à noite. Finalmente peguei Ollie Martin para hoje. Folheei os jornais, mas nada neles, exceto que o casal Harry

Mott vai dar um chá domingo, com música húngara. Acho que vou convidar o gato a ir comigo; o convite deles *deve* estar chegando. Comecei a ler um livro, mas parei; *morta* de exaustão. Não *consigo* decidir se uso o vestido azul com o casaco branco ou o deixo para amanhã à noite e uso o de tafetá hoje. Fico para *morrer* quando vejo minhas unhas. *Nunca* fiquei *tão* furiosa. Se pudesse, *mataria* Rose, mas o que se *pode* fazer?

Sexta. *Absolutamente* pregada. *Nunca* me senti pior. Ontem à noite foi *divino*, filme simplesmente *horrendo*. Levei Ollie à festa dos Kingsland, *incrível*, todo mundo *simplesmente* louco. Os húngaros de verde estavam lá, mas Stewie Hunter não. Teve um colapso nervoso *total*; fico *doente* de pensar que talvez ele não venha esta noite; *nunca* o perdoarei se ele não vier. Vinha para casa com Ollie, mas deixei-o na casa dele porque ele não *conseguia* parar de chorar. Joe deixou bilhete com o copeiro dizendo que ia para a fazenda este fim de semana; *claro* que não se dignou a dizer *qual* fazenda. Liguei para *pilhas* de gente maravilhosa convidando a jantar ou ir à estreia de *Brancos e broncos* e depois dançar um pouco; não *suporto* ser a primeira a chegar em minhas próprias festas. Todo mundo já tinha compromisso. Finalmente peguei Ollie Martin. *Nunca* me senti tão deprimida; *nunca* mais vou passar perto de onde rolem champanha e uísque juntos. Comecei a ler um livro, mas não conseguia ficar quieta. Liguei para Anne Lyman, para perguntar como estava o bebê e não consegui *lembrar* se era menino ou menina — *preciso* contratar uma secretária semana que vem. Anne foi *tão* simpática; disse que ainda não sabia se lhe botava o nome de Patrícia ou Glória, no que fiquei sabendo que *era* uma menina. Sugeri Bárbara; esqueci que ela já tinha uma com o nome. Absolutamente subindo pelas paredes o dia *todo*. Se pudesse, *cuspia* em Stewie Hunter. Não *consigo* decidir entre o vestido azul com o casaco branco ou o vermelho com as rosas bege. Toda vez que olho para essas *horrendas* unhas negras, quero absolutamente *morrer*. As coisas mais *horríveis* do mundo *inteiro* só acontecem comigo. *Maldita* Rose.

Big Loura

I

Hazel Morse era uma mulher alta e clara, do tipo que provoca nos homens línguas para fora e rabinhos abanando, quando eles pronunciam a palavra "loura". Ela se orgulhava de seus pezinhos minúsculos e sofria com sua vaidade, calçando sapatos de salto alto, do menor tamanho possível, que lhe espremiam os dedos. O curioso sobre ela eram suas mãos, estranhos terminais de um par de braços flácidos e cheios de pintas — mãos longas e trêmulas, com unhas longas e convexas. Ela não as desfiguraria com anéis ou outras bugigangas.

Não era uma mulher dada a lembranças. Aos trinta e poucos anos, seu passado era uma sequência borrada e mal iluminada, como um filme malfeito, em que os demais personagens fossem estranhos.

Aos vinte e poucos, depois que sua mãe, bêbada e viúva, finalmente morreu, ela se empregou como modelo numa butique. Foi o apogeu daquele mulheraço, ainda linda, corada, ereta e com os peitos empinados. Seu trabalho não lhe tomava muito tempo e ela conheceu montes de homens e passou montes de noites com eles, rindo de suas piadas e dizendo que adorava suas gravatas. Os homens gostavam dela, e ela descobriu que era gostoso ser gostada por muitos homens. Ser querida parecia-lhe valer todo o esforço que isso pudesse custar. Os homens gostam de você quando você é divertida e, se gostam, levam-na para sair e, pronto, a vida é ótima. E, com isso, ela se deu bem. Os homens gostam de mulheres que se dão bem na vida.

Nenhuma outra forma de diversão, mais simples ou complicada, atraía a sua atenção. Ela nunca parou para pensar se devia se ocupar de qualquer outra coisa. Suas ideias — ou melhor, suas conveniências — corriam paralelas às de outras louronas que eram suas amigas.

Quando já estava trabalhando havia alguns anos na tal butique, conheceu Herbie Morse. Magrinho, inquieto, atraente, com vincos velhacos sobre os olhos castanhos e brilhantes e uma irreprimível mania de roer as cutículas das unhas. Bebia como um peixe, mas ela achava isso interessante. Quando o via, a primeira alusão que fazia era a respeito de como ele tinha se comportado na noite anterior.

— Uau, que porre o seu, ontem — ela dizia rindo. — Achei que ia morrer de rir quando você quis obrigar o garçom a dançar com você!

Ela gostou dele à primeira vista. Divertia-se à beça com suas frases rápidas, como se ele mastigasse as palavras, e suas frequentes citações humorísticas tiradas do teatro e das histórias em quadrinhos; excitava-se só em pensar no contato do braço magro dele contra a manga do seu casaco; ela queria tocar o seu cabelo ralo e gomalinado. E ele estava tão atraído por ela quanto ela por ele. Casaram-se seis semanas depois.

Ela adorou a ideia de casar, e brincou com essa ideia como

uma coquete. Claro, já tinha tido outras propostas de casamento, e não foram poucas, mas todas partidas de negociantes sérios e pomposos, do interior, que tinham ido à butique como compradores; gente de Des Moines, Houston ou Chicago e, em sua opinião, lugares ainda mais jecas. Ela sempre achou ridícula a ideia de viver em qualquer lugar que não fosse Nova York. Não podia levar a sério a ideia de, como dizia, ir viver na roça.

Mas queria se casar. Já estava perto dos trinta e não vinha rejuvenescendo a cada dia. Estava engordando e ficando flácida, e seu cabelo escuro vinha travando algumas batalhas inglórias com a água oxigenada. Havia momentos em que experimentava alguns sustos a respeito de seu trabalho. E ela já carregava a herança de umas mil ou duas mil noites de farra com seus amigos. Tinha que ser mais conscienciosa do que espontânea a respeito disso, a partir de agora.

Herbie ganhava bem, e os dois alugaram um apartamento num quarteirão nobre. A sala de jantar era decorada ao estilo das velhas missões espanholas, com uma grande luminária central, em vidro bordô; na sala, atulhada de mobília, uma enorme samambaia de Boston e uma reprodução da *Madalena* de Henner, com aqueles cabelos ruivos e a roupagem azul; o quarto era cinza e rosa, com a foto de Herbie sobre a penteadeira de Hazel e a foto de Hazie sobre o criado-mudo de Herbie.

Ela cozinhava — e bem —, fazia as compras e conversava fiado com os entregadores do supermercado e com a lavadeira preta. Adorava o apartamento, adorava a vida que levava e adorava Herbie. Nos primeiros meses do casamento, deu a Herbie toda a paixão de que era capaz.

Ainda não tinha se dado conta de como estava cansada. Era uma delícia, um brinquedo novo, um feriado, tudo aquilo — deixar por uns tempos de ser tão legal com todo mundo. Se tivesse dor de cabeça ou mesmo no céu da boca, gemia e suspirava como um bebê. Se tudo corresse bem, ela não piava. Se lágrimas viessem aos seus olhos, ela as deixava escorrer.

Hazel pegou rapidamente o hábito de chorar por qualquer motivo. Mesmo nos anos de farra, já era conhecida como uma pessoa que chorava sem motivo de vez em quando. Seu comportamento no teatro era uma piada ambulante. Era capaz de chorar por qualquer coisa durante a peça — pelas roupinhas do elenco, por amores correspondidos ou não, ou por cenas de sedução, pureza, criados fiéis, casamentos ou triângulos amorosos.

— Pronto, Hazel já vai começar — diziam seus amigos, observando-a. — Vai abrir a torneira e fazer buá.

Casada e relaxada, ela podia abrir suas torneiras com liberdade. Para ela, que já tinha rido tanto, chorar era uma delícia. Todas as lamúrias tornaram-se suas lamúrias; ela era a Ternura. Era capaz de chorar horas e horas, lendo em jornais a respeito de bebês sequestrados, esposas abandonadas, homens desempregados, gatos perdidos, cachorros heroicos. Mesmo quando já não tinha o jornal nas mãos, sua memória trazia-lhe de volta esses temas e as lágrimas esguichavam-lhe ritmicamente sobre suas bochechas rechonchudas.

— Sinceramente — ela dizia a Herbie —, há tanta tristeza no mundo quando a gente começa a prestar atenção.

— É — respondia Herbie.

Ela não sentia falta de ninguém. A antiga turma, as pessoas que a tinham aproximado de Herbie sumiram de sua vida, a princípio aos poucos. E, quando ela pensava no assunto, não via nada de errado nisto. Aquilo era o casamento. Era a paz.

O problema era que Herbie não estava achando a menor graça na coisa.

Durante algum tempo, ele achou divertida a ideia de ficar a sós com ela. Até viu aquele isolamento voluntário como uma coisa doce e original. Que então perdeu o charme com uma alucinante rapidez. Foi como se, numa noite, sentado com ela no quarto com aquecimento, ele não quisesse mais nada de tão perfeito; na noite seguinte, já estava tudo acabado para ele.

Ele começou a se aborrecer com suas misteriosas melancolias. A princípio, quando chegava em casa e a encontrava ligeiramente cansada e deprimida, beijava-lhe o pescoço, fazia-lhe cafuné e implorava para ela lhe dizer qual era o problema. Ela adorava aquilo. Mas o tempo passou, e ele concluiu que nunca havia realmente nada de errado.

— Ah, pelo amor de Deus — ele dizia. — Resmungando de novo. Pois fique aí resmungando até enjoar. Vou sair.

No que saía batendo a porta e voltava tarde da noite, bêbado.

Ela ficou sem saber o que fazer de seu casamento; a princípio, pareciam amantes; e, de repente, era como se fossem inimigos. E nunca entendeu por quê.

Os intervalos entre a saída do escritório e a sua chegada em casa começaram a ficar cada vez mais longos. Ela passava horas em agonia, imaginando-o atropelado, sangrando, morto, coberto por um jornal. Depois, parou de preocupar-se por sua vida e tornou-se rabugenta e sensível. Quando uma pessoa queria estar com outra pessoa, chegava o mais rápido possível, não é? E ela queria desesperadamente estar com ele; suas horas eram contadas pela hora em que ele chegaria. Geralmente eram quase nove da noite quando ele chegava para jantar. E sempre com alguns drinques a mais, que o deixavam com ganas de brigar, falar alto e ansiar por provocações.

Estava muito nervoso, ele dizia, para ficar em casa aquela noite. E se gabava, provavelmente de mentira, de nunca ter lido um livro na vida.

— O que você quer que eu faça? — dizia ele. — Ficar rodando em volta do meu rabo a noite toda? — perguntava, retoricamente. E batia a porta e saía de novo.

Ela não sabia o que fazer. Não sabia como contorná-lo. Não sabia também como ficar com ele.

Ela lutou bravamente. Uma incrível vocação doméstica a tinha assolado, e ela resolveu lutar com unhas e dentes para preservá-la. O que ela queria era um "lar, doce lar". Ansiava por um marido sóbrio e terno, pontual na hora do trabalho e do jantar. Sonhava com noites suaves e reconfortantes. A ideia de qualquer intimidade com outros homens lhe era insuportável, e a simples suspeita de que Herbie estivesse procurando outras mulheres a deixava maluca.

Parecia-lhe que tudo que lia — romances que emprestava de bibliotecas, contos em revistas, artigos para mulheres nos jornais — tratava de esposas que tinham perdido o amor de seus maridos. Mas ela conseguia suportar esses relatos muito melhor do que aquelas histórias de casamentos em que os dois eram felizes para sempre.

Estava apavorada. Várias vezes, quando Herbie voltava à noite para casa, ele a encontrava vestida para sair — com roupas que tinha sido obrigada a alargar — e pintada.

— Vamos pintar o sete esta noite? — ela dizia. — Não se leva nada da vida, você sabe.

E então eles saíam, iam a churrascarias ou a cabarés baratos. Mas nunca dava certo. Ela já não achava divertido ver Herbie bebendo, nem ria com suas excentricidades, já que passava o tempo todo regulando-o. E não conseguia controlar-se — "Ora, vamos, Herbie, não acha que já tomou demais? Você vai se sentir péssimo amanhã".

Ele ficava imediatamente furioso. Está bem, sua chata; chata, chata, chata, chata, chata, era o que ela era. Não passava de uma chata! As cenas se seguiam e um dos dois se levantava furioso e saía.

Ela própria não podia definir o dia em que também começou a beber. Seus dias eram todos iguais. Como gotas de chuva numa janela, eles escorriam juntos e se misturavam. Estava casada havia seis meses; depois, um ano; depois, três anos.

Até então, nunca tinha precisado beber. Podia ficar sentada a noite toda numa mesa, enquanto os outros bebiam, e nunca tomar uma gota, nem se importunar com a maneira pela qual os outros se embebedavam. Se tomasse alguma coisa, era tão estranho que provocava vinte minutos ou mais de gozações. Mas agora a angústia a habitava. Frequentemente, depois de uma briga, Herbie passava o resto da noite fora, e ela nunca sabia dele por onde teria andado. Seu coração se espremia em seu peito e sua mente girava como um ventilador.

Odiava o gosto da bebida. Gim, puro ou misturado, fazia-a enjoar instantaneamente. Depois de experimentar, descobriu que gostava um pouco mais de uísque. Passou a tomá-lo puro, porque fazia efeito mais rápido.

Herbie a entupia de uísque. Gostava de vê-la beber. Ambos pensavam que isso pudesse torná-la mais animada e quem sabe o tempo em que se divertiam pudesse voltar.

— Isso aí, garota — ele aprovava. — Vamos ver do que você é capaz.

Mas nem aquilo os aproximou. Quando ela bebia com ele, parecia a volta da velha farra e, de repente, sem aviso prévio, os dois estavam brigando de novo. Acordavam na manhã seguinte sem saber ao certo por que tinham brigado, indecisos sobre o que tinha sido, dito ou feito, mas ambos profundamente injuriados e amargamente ressentidos. Os dias seguintes seriam de uma silenciosa vingança.

Houve um tempo em que eles resolviam as turras na cama. Os ingredientes eram beijos, apelidos carinhosos e promessas de que nada seria como antes... "Oh, vai ser ótimo a partir de agora, Herb. Vamos nos divertir. Fui uma bruxa. Acho que estava cansada. Mas agora tudo vai melhorar. Você vai ver."

Só que, agora, já não havia doces reconciliações. Suas relações só se tornavam amigáveis durante os breves momentos de magnanimidade provocados pela bebida, antes que mais bebida os conduzisse a novas batalhas. As cenas começaram a ficar mais violentas. Os insultos mais altos, os empurrões mais fortes e, às vezes, as bofetadas mais sonoras. Certa vez, ela saiu com um olho preto. Herbie ficou horrorizado ao vê-lo na manhã seguinte. Nem foi trabalhar; seguiu-a pelos cantos do apartamento, sugerindo-lhe remédios e empilhando sentimentos de culpa sobre si próprio. Mas bastaram alguns drinques — "para se recomporem" — e ela fez referências tão irônicas sobre seu olho preto que ele gritou com ela, bateu a porta e sumiu durante dois dias.

Toda vez que ele saía furioso, ameaçava nunca mais voltar. Ela não acreditava nele, e nunca pensou em separação. Em algum ponto de sua cabeça, ou de seu coração, havia uma nebulosa esperança de que as coisas iriam mudar e de que ela e Herbie iriam subitamente se estabelecer numa sólida vida conjugal. Ela queria a sua casa, sua mobília, seu marido, sua situação. Ela não se colocava alternativas.

Já não queria afobar-se ou trabalhar por migalhas. E nem derramava lágrimas sem sentido; as gotas quentes que jorravam de seus olhos eram por conta própria. Percorria incessantemente os quartos, com seus pensamentos fazendo uma ciranda em torno de Herbie. Naqueles dias, começou o ódio pelo fato de se sentir sozinha, que ela nunca venceria. Podia-se ser só quando as coisas estivessem indo bem, mas, quando se estava realmente só, era o horror dos horrores.

Ela começou a beber sozinha, aos poucos, um drinque aqui e outro ali, o dia todo. Só com Herbie é que o álcool a deixava nervosa e rápida no gatilho. Sozinha, apenas limava o fio da faca. Vivia numa bruma alcoólica. Sua vida tornou-se uma espécie de sonho. Nada mais a espantava.

Uma tal sra. Martin mudou-se para o apartamento defronte. Era também loura, enorme, cerca de quarenta anos, e uma espécie de espelho do que Hazel iria se tornar. Conheceram-se e, não demorou muito, ficaram inseparáveis. Hazel começou a passar seus dias no outro apartamento. Gostavam de beber juntas, para curar a ressaca das noites anteriores.

Mas ela nunca confidenciou seus aborrecimentos sobre Herbie para a sra. Martin. O assunto era muito incômodo para que ela buscasse conforto falando a respeito. Apenas deixou no ar que os negócios de seu marido o mantinham muito tempo fora de casa. Nem isso parecia importante; maridos eram, aparentemente, meros coadjuvantes no círculo da sra. Martin.

Pelo menos, não havia nenhum marido à vista na vida da sra. Martin; e, se houvesse, ele poderia tanto estar vivo quanto morto. Mas ela tinha um admirador, chamado Joe, que vinha vê-la quase todas as noites. Frequentemente trazia vários amigos com ele — "os rapazes", como ela os chamava. Os rapazes eram altos, corados, bem-humorados, entre quarenta e cinco e cinquenta anos. Hazie adorava ser convidada para suas reuniões — Herbie mal parava em casa à noite, a esta altura. Quando ele aparecia, ela não visitava a sra. Martin. Uma noite sozinha com Herbie significava inevitavelmente um arranca-rabo e, mesmo assim, ela preferia ficar com ele. Nunca abandonava aquela frágil esperança de que, quem sabe, naquela noite, as coisas fossem dar certo.

Os "rapazes" traziam verdadeiros estoques de bebidas com eles sempre que apareciam. Bebendo com eles, Hazel ficava vivaz, feliz e audaciosa. Todos gostavam muito dela. Quando já tinha entornado algumas, o suficiente para apagar suas mais recentes guerras com Herbie, ficava excitada ao se ver tão querida. Rabugenta, é? Desmancha-prazeres, é? Pois ali havia gente que pensava diferente.

Ed era um dos "rapazes". Vivia em Utica — tinha "seu próprio negócio" lá, era o que se dizia — mas vinha a Nova York quase todas as semanas. Era casado, claro. Mostrou a Hazel as fotos mais recentes de Júnior e Irmã, que ela elogiou sincera e abundantemente. Logo ficou estabelecido para os outros que Ed era o amiguinho dela.

Ele a bancava quando jogavam pôquer; sentava-se ao seu lado e, de vez em quando, esfregava seu joelho no dela durante o jogo. E ela tinha sorte. Frequentemente voltava para casa com uma nota de vinte ou de dez dólares, ou com um maço de notas menores amarrotadas. E que lhe eram úteis. Herbie estava ganhando, segundo dizia, uma porcaria de dinheiro. E pedir-lhe algum era um convite para uma briga.

— Que merda você quer com dinheiro? — ele dizia. — Afogá-lo em uísque?

— Estou apenas tentando manter esta casa para que ela não despenque — ela respondia. — Você não pensa nisto, não é? Ah, não, Sua Majestade não pode perder tempo com essas coisas.

Ainda assim, ela custava a definir um dia para começar um caso com Ed. Tornou-se um costume ele beijá-la na boca sempre que chegava, assim como na hora de sair, além dos beijos no varejo que lhe dava durante a noite. Ela até que gostava dos beijos. Mas não pensava neles quando não estava com Ed.

Ele costumava correr sua mão sobre sua nuca e ombros, e dizer:

— Isto é que é loura, hem? Que tesão.

Uma noite ela voltou do apartamento da sra. Martin e encontrou Herbie no quarto. Ele estava fora havia vários dias, evidentemente num prolongado porre. Seu rosto estava cinza, suas mãos tremiam como se fossem mãos de marionete. Sobre a cama, duas malas, abarrotadas. Só a fotografia dela continuava em seu criado-mudo, e as portas abertas de seu armário mostravam apenas os cabides vazios.

— Estou me mandando — ele disse. — Estou cheio disso tudo. Arranjei um emprego em Detroit.

Ela se sentou na beira da cama. Tinha bebido muito na noite anterior, e os quatro uísques que tomara com a sra. Martin haviam aumentado a nebulosidade.

— Bom emprego? — disse ela.

— Sei lá, parece bom — disse ele.

Afivelou uma das malas com dificuldade, resmungando em voz baixa.

— Há algum dinheiro no banco — ele disse. — O talão de cheques está na sua gaveta. Você pode ficar com a mobília e o resto.

Olhou para ela, e suas têmporas latejaram.

— Porra, acabou, estou lhe dizendo — ele gritou. — Acabou!

— Está bem, está bem — ela disse. — Não sou surda.

Ela o olhou como se ele estivesse de um lado do canhão e ela do outro. Sua cabeça começou a doer e sua voz tinha uma tonalidade cansada e amarga. Ela nem seria capaz de gritar.

— Quer um drinque antes de ir? — perguntou.

Ele a olhou de novo, e um canto de sua boca fez um esgar.

— De fogo de novo, para variar, não é? — ele disse. — Que ótimo. Claro, prepare dois para nós.

Ela foi ao barzinho da sala, serviu-lhe um uísque com água, serviu a si mesma meio copo puro e tomou-o de uma vez. Então serviu-se de mais uma dose e levou-as para o quarto. Ele tinha acabado de fechar as duas malas e já estava de chapéu e capa.

Ele pegou o drinque.

— Bem — disse, com uma risada súbita e meio incerta. — À nossa.

— À nossa — disse ela.

Beberam. Depositou o copo na mesinha e pegou as malas pesadas.

— Tenho que pegar o trem às seis — ele disse.

Ela o seguiu até o hall. Podia-se ouvir aquela música que a sra. Martin não tirava da vitrola, em alto volume, e que ela detestava.

Night and daytime
Always playtime,
Ain't we got fun?

Na porta, ele pôs as malas no chão e a encarou.

— Bem — disse. — Vai ficar tudo bem com você, não?

— Ah, claro — disse ela.

Ele abriu a porta, depois voltou-se para ela e estendeu a mão.

— Tchau, Haze — disse. — Boa sorte.

Ela tomou sua mão e apertou-a.

— Perdão pela luva molhada — ela disse.

Depois de fechar a porta, ela voltou ao barzinho da sala.

Já estava mais do que tocada quando foi ao apartamento da sra. Martin aquela noite. Os rapazes estavam lá, Ed entre eles. Ele estava feliz, faiscante, expansivo e cheio de piadas. Mas ela o levou a um canto por um minuto.

— Herbie me deixou hoje — ela disse. — Foi morar em Detroit.

— É mesmo? — ele disse. Olhava para ela e brincava com a caneta enfiada no bolso de seu colete. — E foi de vez, você acha?

— É — ela disse. — Acho que sim.
— Vai continuar vivendo aqui, do mesmo jeito? — ele disse. — Já sabe o que vai fazer?
— Pô, não sei — ela disse. — E estou pouco ligando.
— Ora, pare com isso — ele disse. — Não é assim que se fala. O que você precisa é de um pouco de animação. Que tal?
— Isso mesmo — ela disse. — De preferência, puro.

Ela ganhou quarenta e três dólares no pôquer. Quando o jogo acabou, Ed levou-a ao apartamento dela.

— Tem um beijinho pra mim? — ele perguntou.

Ele a enlaçou em seus braços enormes e a beijou violentamente. Ela estava inteiramente passiva. Ele a contemplou a uma certa distância.

— Meio alteradinha, querida? — ele disse, ansiosamente. — Não vai passar mal, vai?

— Quem, eu? — ela disse. — Estou ótima.

II

Quando Ed foi embora de manhã, levou com ele uma foto dela. Disse que a queria para ficar olhando quando estivesse ausente. "Pode levar aquela do criado-mudo", ela dissera.

Enfiou a foto de Herbie numa gaveta, fora de sua vista. Quando tivesse vontade de olhá-la de novo, seria para rasgá-la. Mas já nem a procurava. O uísque ajudava. Ela quase conseguia sentir-se em paz, no meio daquela bruma.

Aceitou o relacionamento com Ed sem problemas e sem entusiasmo. Quando ele estava longe, raramente se lembrava dele. Ele a tratava bem; dava-lhe presentes frequentemente e, de certa maneira, a sustentava. Ela conseguiu até economizar. Não tinha problemas com dinheiro, além do que suas necessidades eram poucas, e era melhor botar o dinheiro no banco do que deixá-lo rolando por aí.

Quando o contrato de aluguel de seu apartamento acabou, foi Ed quem sugeriu a mudança. Sua amizade com a sra. Martin e Joe havia ficado tensa por causa de uma discussão no pôquer; havia uma dívida pendente.

— Vamos dar o fora daqui — disse Ed. — O ideal seria você morar perto da Grand Central Station. Ficaria mais fácil para mim.

E assim ela alugou um pequeno apartamento entre as ruas 40 e 50. Uma menina negra diarista vinha regularmente cuidar da limpeza e fazer-lhe café — estava farta com "os cuidados da casa", dizia, e Ed, sólido marido havia vinte anos de uma fanática dona de casa, admirava essa inutilidade romântica e sentia-se duplamente macho em auxiliá-la.

O café era a única coisa que ela ingeria até a hora do jantar, mas o álcool a manteve viva. Para ela, a Lei Seca só servia para repetir as anedotas que pululavam. Sempre se podia ter o que se queria. E, além disso, ela nunca ficava ostensivamente bêbada, embora também nunca ostensivamente sóbria. Teria precisado de muito mais dinheiro para ficar num estado impraticável. Mas, com muito menos, ela seria a melancolia em pessoa.

Ed levou-a ao Jimmy's. Ele se orgulhava, com aquele orgulho dos passantes que costumam ser confundidos com os habitués, do seu conhecimento daqueles pequenos restaurantes recém-inaugurados nos porões de biboquinhas; lugares onde, à menção do nome de um verdadeiro freguês habitual, conseguia-se ser servido de um gim ou uísque de origem incerta. O Jimmy's era o seu favorito.

Lá, através de Ed, Hazel conheceu muitos homens e mulheres, e fez rápidas amizades. Os homens gostavam de sair com ela, quando Ed estava em Utica. Ele parecia feliz com isso.

Ela se habituou a ir ao Jimmy's sozinha quando não tinha nenhum compromisso. Havia a certeza de encontrar lá alguém que conhecesse e se juntar a eles. Era o clube de seus amigos, homens ou mulheres.

As mulheres no Jimmy's pareciam todas iguais, o que era curioso porque, devido às discussões, mudanças e oportunidades de outros contatos mais proveitosos, a turma mudava constantemente. E, mesmo assim, as recém-chegadas eram semelhantes às que haviam sumido. Eram todas mulheres enormes, peitudas, de ombros largos, com rostos cobertos por uma pele suave, colorida e abundante. Todas riam muito alto, geralmente mostrando dentes grandes e opacos, como louça de barro. Havia em comum entre elas uma sensação de teimosa autopreservação, mas não para se levar totalmente a sério. Todas deviam ter entre trinta e seis e quarenta e cinco anos.

Adoravam se apresentar com os sobrenomes de seus maridos — sra. Florence Miller, sra. Vera Riley, sra. Lilian Brock. Isso lhes conferia, ao mesmo tempo, a solidez do casamento e o charme da liberdade. No entanto, apenas uma ou duas delas eram realmente divorciadas. A maioria nunca se referia a seus apagados esposos; algumas, separadas havia pouco tempo, descreviam-nos em termos de grande interesse biológico. Várias eram mães, sempre de um único filho — um garoto em colégio interno ou uma garota aos cuidados da avó. Muitas vezes, ao raiar da manhã, havia uma exposição de kodaks e lágrimas.

Eram mulheres fáceis de se levar, cordiais, amigáveis e inevitavelmente matronais. Queriam apenas se divertir. Por falta de melhor escolha, eram fatalistas, principalmente em questões de dinheiro, e já tinham deixado de se preocupar. Quando seus fundos no banco chegavam a zero, um novo *doador* se apresentava; isto sempre acontecia. O sonho de todas era ter um homem em caráter permanente, que lhes pagasse as contas, em troca do que elas abandonariam todos os seus admiradores e talvez até passassem a gostar dele; e simplesmente porque os romances de todas eram, naquele período, incertos, tranquilos e facilmente arranjáveis. Mas isto, a cada ano, parecia ficar mais difícil. Hazel Morse podia se considerar uma felizarda.

Ed ganhou bem naquele ano, deu-lhe mais dinheiro e até um casaco de pele de foca. Mas ela tinha de se cuidar quando estava com ele. Ele não queria saber de dores ou aborrecimentos.

— Olhe, escute aqui — ele dizia. — Já tenho bastante problema, e chega. Ninguém aguenta os problemas dos outros, queridinha. O que você tem de fazer é ser legal e estamos conversados. Que tal agora um belo sorriso? É assim que eu gosto, garota.

Ela realmente nunca se empenhou em brigar com Ed como tinha feito com Herbie, mas queria ter o direito de uma ou outra tristeza admitida. Era estranho. Outras mulheres que conhecia não tinham de brigar por esse privilégio. Florence Miller, por exemplo, tinha seus acessos regulares de choro, e vivia assediada por homens que queriam confortá-la ou alegrá-la. Outras passavam noites inteiras desfiando recitais de gemidos ou doenças, e seus acompanhantes lhes davam toda compreensão. Mas ela própria se tornava instantaneamente indesejável quando entrava no seu inferno astral. Certa vez, no Jimmy's, quando ela não parecia tão animada, Ed simplesmente foi embora.

— Caceta, por que não fica em casa, para não estragar a noite dos outros? — ele rugiu.

Mesmo as pessoas que mal conhecia pareciam irritadas se ela não estivesse no melhor dos mundos.

— O que há com você, pô? — costumavam dizer. — Você já é maior de idade, ou não? Tome qualquer coisa, isso passa.

Quando sua relação com Ed já estava durando quase três anos, ele se mudou para a Flórida. Não que tivesse querido deixá-la; deu-lhe até um gordo cheque e algumas ações, e seus olhos pálidos estavam úmidos quando se despediu. Ela não sentiu sua falta. Ele vinha a Nova York de vez em quando, cerca de duas ou três vezes por ano, e saía correndo do trem para visitá-la. Ela sempre via com prazer a sua chegada e nunca com desgosto a sua partida.

Charley, um amigo de Ed que a tinha conhecido no Jimmy's, estava de olho nela. E sempre encontrava oportunidade para fazer-lhe um afago ou falar baixinho em seu ouvido. Adorava perguntar a todos os seus amigos se algum deles já tinha ouvido uma risada como a dela. Quando Ed sumiu, Charley se tornou a principal figura em sua vida. Ela limitava-se a dizer que ele não era "tão mal". Bem, houve quase um ano de Charley; depois, ela o dividiu com Sydney, outro frequentador do Jimmy's, até que Charley evaporou-se por completo.

Sydney era um judeu baixinho esperto e bem-vestido. Ela quase gostou dele. Sempre a divertia e a fazia rir, sem que ela fizesse força para isso.

Ele a admirava completamente. Sua delicadeza, apesar do tamanho, deixava-o admirado. E ele a adorava, dizia sempre, porque ela continuava alegre e fascinante mesmo quando bêbada.

— Já tive uma namorada — ele contava — que ameaçava se jogar pela janela sempre que tomava uma a mais. Putz! — gemia.

Mas aí Sydney casou-se com uma garota rica e esperta, e então foi a vez de Billy. Não — depois de Sydney, veio Fred, depois Billy. Em sua névoa, ela nunca se lembrava de quantos homens tinham entrado e saído de sua vida. Não havia surpresas. Nem emoções quando eles entravam, nem desgostos quando partiam. Mas ela parecia sempre capaz de atraí-los. Nunca houve nenhum tão rico quanto Ed, mas todos os outros eram generosos com ela, cada qual de acordo com suas posses.

De vez em quando tinha notícias de Herbie. Certa noite encontrou a sra. Martin jantando no Jimmy's, e a velha amizade foi vigorosamente refeita. O velho admirador, Joe, tinha visto Herbie havia pouco, numa viagem a negócios. Herbie estava firme em Chicago, parecia bem de vida, estava vivendo com uma mulher — parecia louco por ela, se ele não estava enganado. Hazel tinha bebido bastante aquele dia. Ouviu as notícias com um relativo interesse, como alguém que ficasse sabendo de ligeiras escorregadelas sexuais de uma pessoa que fosse, por instantes, ligeiramente familiar.

— Deve ter uns sete anos que não vejo aquele cara — comentou. — Puxa, sete anos.

Cada vez mais, seus dias tornavam-se indistintos. Já não sabia dizer o dia do mês e nem mesmo o da semana.

— Meu Deus, já faz um ano! — costumava exclamar, quando alguém falava de algum acontecimento.

E sentia-se muito cansada a maior parte do tempo. Cansada e triste. Quase tudo lhe provocava tristeza. Aqueles cavalos já velhos que via na Sexta Avenida — refugando e deslizando entre os carros, ou parados numa esquina, com suas cabeças pendidas à altura de seus joelhos gastos. As lágrimas a custo estocadas disparavam de seus olhos, enquanto ela própria parecia trotar com os pés doendo, mesmo calçados com aquelas sandálias cor de champanhe.

A ideia da morte lhe ocorreu e ficou com ela, deixando-a numa espécie de alegre estupor. Seria um alívio estar morta.

Não houve um exato momento em que ela pensou pela primeira vez em se matar. Pareceu-lhe sempre haver convivido com essa ideia. Começou a procurar os relatos de suicídios nos jornais. Aparentemente havia uma epidemia deles — ou talvez encontrasse tantos porque só se interessava por esse tipo de notícias. Ler sobre eles aumentava a sua certeza; sentia uma espécie de solidariedade naquele batalhão de gente se matando.

Embalada pelo uísque, dormia até o fim da tarde; acordava, continuava na cama, com uma garrafa e um copo, até que chegasse a hora de se vestir e de sair para jantar. Começava a sentir em relação ao álcool uma curiosa desconfiança, como alguns se sentem com um velho amigo que nos recusou um simples favor. O uísque ainda conseguia sedá-la a maior parte do tempo, mas havia ocasiões, súbitas e inexplicáveis, em que a nuvem parecia fugir-lhe dos pés, e ela ficava roída por uma sensação de tristeza, incompreensão e aborrecimento por viver. Então brincava voluptuosamente com a ideia de sumir com a mesma frieza e solenidade. Problemas religiosos nunca a tinham incomodado e nenhuma ideia de vida após a morte a intimidava. Sonhava apenas com o dia em que nunca mais teria de calçar aqueles sapatos apertados, de nunca mais ter de rir, ouvir, admirar ou ser uma "boa-praça". Nunca mais.

Mas como fazer? Tinha enjoos só de pensar em pular de um andar alto. Revólveres lhe eram insuportáveis. No teatro, quando um dos atores empunhava uma arma, tapava os ouvidos com as mãos e não conseguia nem olhar para o palco até que o tiro tivesse sido disparado. Não havia gás em seu apartamento. Contemplou por algum tempo as veias azuis e brilhantes em seus pulsos finos — um talho com uma navalha, e pronto. Mas iria doer, doer como o diabo, e ainda correria sangue. Pensou mais. Veneno, quem sabe? — qualquer coisa sem gosto, rápida e indolor —, poderia ser a solução. Mas nenhuma farmácia o venderia, por ser contra a lei.

Desviou o pensamento para outros assuntos.

Havia um novo homem no cenário — Art. Era baixinho, gordo, exigente e duro de aguentar quando estava bêbado. Mas ela não havia tido mais do que um ou outro ocasional antes dele e, de repente, estava gostando de possuir uma certa estabilidade emocional. Além disso, Art costumava ficar fora semanas inteiras em seguida, vendendo meias, e isso era repousante. Na presença dele, ela parecia convincentemente feliz, por mais que isso a espantasse.

— A garota mais gostosa do mundo — ele murmurava, com o nariz enfiado em seu pescoço. — Gostosa!

Uma noite em que ele a levou ao Jimmy's, ela foi ao toalete com Florence Miller. Ali, enquanto pintavam suas boquinhas com batom, trocaram ideias sobre insônia.

— Sinceramente — disse Hazel —, não consigo pregar o olho se não for para a cama com o bucho cheio de uísque. Rolo para lá e para cá e para lá e para cá, e nada.

— Olhe, Hazel — disse Florence Miller —, eu também não prego o olho se não tomar veronal. É um troço que me faz dormir como uma tora.

— Mas não é um veneno, ou coisa assim? — perguntou Hazel.

— Bem, se você tomar muito, passa desta para melhor — disse Florence Miller. — Tomo só cinco gramas. Eles vêm em comprimidos. Eu não brincaria com isso. Mas, com cinco gramas, você ronca no ato.

— E acha-se isso para comprar em qualquer lugar? — disse Hazel, sentindo-se maravilhosamente maquiavélica.

— Pode-se conseguir a quantidade que quiser em Jersey — disse Florence Miller. — Em Nova York é mais difícil, porque só é vendido com receita médica. Terminou? Vamos voltar e ver o que os rapazes estão fazendo.

Aquela noite, Art deixou Hazel na porta de seu apartamento; a mãe dele estava de visita. Hazel ainda estava sóbria e, por acaso, seu uísque tinha acabado. Ela se deitou e ficou com os olhos fixos no teto escuro.

Acordou cedo (para os seus padrões) e foi a Nova Jersey. Nunca tinha tomado o metrô, por isto se sentiu perdida. Então foi à estação Pennsylvania e comprou um bilhete de trem para Newark. Não pensou em nada em particular durante a viagem. Limitou-se a olhar para os medíocres chapéus das mulheres a seu lado e a espiar a paisagem poluída pela janela engordurada.

Em Newark, na primeira drogaria em que entrou, pediu uma lata de talco, uma lixa para as unhas e uma caixa de comprimidos de veronal. O talco e a lixa fariam o sonífero parecer uma necessidade normal. O balconista também não se alterou:

— Só os vendemos em frascos — ele disse, e embrulhou-lhe um vidrinho contendo dez comprimidos brancos empilhados.

Foi a mais uma farmácia, comprou uma toalha de rosto, um leque laranja e outro frasco de veronal. O balconista, igualmente, nem a olhou.

— Bem, acho que já tenho o suficiente para matar uma vaca — pensou, e voltou para a estação.

Em casa, guardou os frasquinhos na gaveta de sua penteadeira e contemplou-os com sonhadora ternura.

— Descansem em paz, meus filhos, e Deus os abençoe — disse, beijando as pontas dos dedos e acariciando cada frasco.

A diarista estava trabalhando na sala.

— Hei, Nettie — gritou Hazie. — Me faça um favor e dê um pulo ao Jimmy's para me comprar uma garrafa de uísque.

Ficou cantarolando baixinho esperando a empregada voltar.

Nos dias seguintes, o uísque lhe foi tão terno quanto costumava ser quando ela começou a tomá-lo para apagar. Sozinha em casa, ficava ausente e sedada; no Jimmy's, era a mais alegre do grupo. Art estava deliciado com ela.

Então, certa noite, ela tinha um jantar mais cedo com Art no Jimmy's. Ele iria viajar na manhã seguinte, para ficar uma semana fora. Hazel tinha bebido a tarde inteira e, enquanto se vestia para sair, sentiu-se ressuscitando agradavelmente de um torpor para um estado de euforia. Mas, assim que saiu à rua, os efeitos do uísque a desertaram completamente, e ela foi invadida por uma lenta, massacrante e horrível sensação de ser uma pobre coitada, que a paralisou na calçada, incapaz de qualquer movimento. Era uma noite cinzenta, com pancadas de neve, e as ruas estavam cobertas de gelo preto. Quando, aos poucos, conseguiu atravessar a Sexta Avenida, arrastando cuidadosamente um pé após o outro, um enorme e castigado cavalo, puxando uma carroça, caiu de joelhos à sua frente. O carroceiro xingou e chicoteou insanamente o animal, brandindo o laço com fúria a cada golpe, enquanto o cavalo lutava para se equilibrar no asfalto escorregadio. Populares se juntaram para assistir à cena.

Art estava esperando, quando Hazel chegou ao Jimmy's.

— O que você tem, pelo amor de Deus? — foi o seu cumprimento a ela.

— Nada. Vi um cavalo — ela disse. — Puxa, eu... sinto pena dos cavalos. Não, não é só dos cavalos. Tudo é tão terrível, não é? Não posso evitar, estou péssima.

— Ora, péssima uma ova — ele disse. — Que história é essa? Por que está péssima?

— Não sei, não posso evitar — ela disse.

— Não pode, uma ova — ele repetiu. — Controle-se, está bem? Vamos nos sentar e desamarre essa cara.

Ela bebeu em quantidades industriais e sinceramente tentou, mas não conseguiu superar sua melancolia. Outros juntaram-se à mesa, mas o máximo que ela conseguiu foi sorrir tibiamente ao que falavam. Levou o lenço aos olhos algumas vezes, tentando disfarçar isto com outros movimentos, mas Art flagrou-a e passou o resto da noite resmungando e mexendo-se nervosamente na cadeira.

Quando chegou sua hora de pegar o trem, ela disse que também iria embora para casa.

— Boa ideia — ele disse. — Veja se dorme e esquece essa depressão. Estou de volta quinta-feira. E, por favor, veja se já sarou até lá, está bem?

— Sim — ela disse —, vou estar bem.

Em seu quarto, ela se despiu com uma pressa tensa, bem diferente de sua habitual lentidão de insegurança. Pôs sua camisola, tirou a rede do cabelo e passou um pente sobre o cabelo seco, de cor agora incerta. Então tirou os dois frasquinhos da penteadeira e levou-os para o banheiro. A sensação de estilhaçante miséria havia desaparecido de sua mente, e ela sentia aquele tipo de excitação de quem vai receber um presente antecipado.

Destampou os frascos, encheu um copo d'água e postou-se diante do espelho, com um comprimido entre os dedos. Fez uma mesura a seu próprio reflexo no espelho, levantou o copo num brinde e disse: "Bem, à nossa!".

Os comprimidos eram ruins de tomar, muito secos e teimando em grudar na garganta, difíceis de engolir. Levou tempo para engolir todos os vinte. Ela continuou se observando no espelho com um interesse profundo, impessoal, estudando os movimentos de sua garganta indo e vindo. Mais uma vez, disse em voz alta:

— Por favor, veja se já sarou até quinta-feira, está bem? Pois ele que vá à merda. Ele e o resto daquela turma.

Ela não tinha ideia do tempo que o veronal levava para fazer efeito. Quando tomou o último comprimido, sentiu-se instável de pé, ainda imaginando, como se não fosse com ela, se a morte iria acuá-la aqui, ali ou acolá. Mas não sentia nada estranho, exceto por uma agitada vontade de vomitar, pelo esforço de engolir os comprimidos — mas nem sua face refletida no espelho parecia diferente.

Esticou os braços e deu um vasto bocejo.

— Ai, acho que vou para a cama — ela disse. — Estou me sentindo morta.

Aquilo lhe soou engraçado. Apagou as luzes do banheiro e deitou-se, rindo baixinho e murmurando: — Esta foi boa: "Estou me sentindo morta".

III

Nettie, a diarista, chegou no final da tarde seguinte para limpar o apartamento e encontrou a sra. Morse na cama. E daí?, deve ter pensado, isso era normal. Mas, geralmente, os ruídos que fazia com a limpeza acordavam a patroa, e ela não gostava de ser acordada. Nettie, uma moça educada, aprendera a trabalhar o mais silenciosamente possível.

Mas quando terminou o trabalho na sala e entrou no quarto, não pôde evitar fazer alguns ruídos enquanto arrumava os objetos da penteadeira. Instintivamente, olhou com o rabo do olho para a mulher que dormia e, sem querer, uma sensação de mal-estar a assaltou. Correu até a cama e olhou para a mulher estendida nela.

Hazel Morse estava deitada de costas, com um braço branco e flácido perdido sobre a cabeça. Seu cabelo ressecado espalhava-se sobre seu rosto. Os lençóis estavam repuxados para baixo, deixando à vista um pescoço suave e uma camisola cor-de-rosa, já meio esgarçada por inúmeras lavagens. Seus seios enormes, libertos daquilo que os sustentava, despejavam-se sob suas axilas. De vez em quando ela produzia sons soturnos de roncos e, do canto de sua boca aberta, escorria um fio de baba.

— Dona Hazel — Nettie chamou. — Dona Hazel! Já é muito tarde.

Dona Hazel não se mexeu.

— Dona Hazel — insistiu Nettie. — Olhe, dona Hazel, como posso fazer a cama, com a senhora dormindo aí?

A moça entrou em pânico. Resolveu sacudir o ombro quente da mulher.

— Ah, acorda, viu, dona Hazel? — ela gemeu. — Vamo lá, acorda!

De repente, a jovem correu pelo hall em direção ao elevador, mantendo seu polegar firme sobre o botão preto até que o elevador, pilotado por um ascensorista negro, abriu-se à sua frente. Ela despejou um monte de palavras incoerentes sobre o rapaz e correu com ele de volta ao apartamento. Ele foi pé ante pé até o quarto, embora seus sapatos guinchassem; na tentativa de reanimá-la, a princípio com certo ardor e, depois, com decidida luxúria, o rapaz apalpou-a de tal forma que chegou até a deixar marcas em seu corpo.

— Hei, você aí! — gritava, mas sem querer se ouvir.

— Pô! A mulher apagou — comentou para a empregada.

Pelo interesse demonstrado por ele naquele espetáculo, Nettie perdeu o medo. Os dois sentiram que estavam diante de uma situação importante. Murmuraram qualquer coisa rapidamente, e foi sugestão do rapaz que chamassem o jovem médico que morava no térreo. Nettie foi com ele chamá-lo. Era como se tivessem de comunicar a um terceiro uma notícia desagradavelmente agradável. Hazel tinha se tornado apenas o veículo de um drama. Sem que lhe quisessem mal, os dois esperavam que seu estado fosse sério e que ela não os decepcionasse, acordada e passando bem, quando eles voltassem com o médico. Um ligeiro receio de que isso acontecesse fez com que pintassem da pior maneira o seu estado: "É caso de vida ou morte, doutor". Esta frase, pinçada do pequeno conhecimento literário de ambos, foi decisiva.

O médico estava em casa, mas não ficou muito satisfeito por ser perturbado. Usava um robe de listras azuis e amarelas, e estava deitado no sofá, às gargalhadas, com uma moça morena de rosto coberto por maquiagem barata, aninhada a seu lado. Copos pela metade jaziam ao lado deles, enquanto podia-se ver o chapéu e o casaco dela pendurados no cabide, numa confortável demonstração de que ela iria ficar bastante tempo por ali. O médico resmungou, dando a entender que não se podia ficar a sós nem por algumas horas, depois de um dia cheio. Mesmo assim, ele pôs alguns vidros e instrumentos numa valise, trocou o robe por um casaco e saiu com os dois.

— Rapidinho, garotão — disse a jovem. — Não vá ficar lá a noite inteira.

O médico entrou pisoteando no apartamento de Hazel Morse e foi direto para o quarto, com Nettie e o ascensorista logo atrás dele. Hazel não tinha se mexido; seu sono continuava profundo, só que agora sem qualquer som. O médico observou-a severamente e então mergulhou seus polegares sobre as pálpebras de chumbo que cobriam os seus olhos, pondo todo o seu peso sobre elas. Nettie deu um grito.

— O que ele qué, enfiá ela pra dentro da cama? — riu o rapaz.

Hazel não respondeu à pressão. Abruptamente, o médico abandonou-a e, num repente, puxou todos os lençóis para o chão. Em seguida, levantou-lhe a camisola e começou a puxar-lhe as pernas gordas e brancas, mapeadas por finas veias azuladas. Repuxava-as com violência e aos sopetões, do joelho para baixo. Mas ela não acordava.

— O que ela andou bebendo? — perguntou a Nettie, por cima do ombro.

Com a célere certeza de quem pode resolver um problema, Nettie correu ao banheiro onde dona Hazel costumava manter algum uísque. Mas empacou diante dos dois frascos, com seus rótulos vermelho e branco, jogados diante do espelho. Levou-os ao médico.

— Oh, caralho, pelo amor de Deus! — disse ele. Soltou as pernas de Hazel impacientemente sobre a cama. — Onde ela pensava que ia quando tomou esta merda? Isto não serve para nada. Agora vamos ter de fazer uma lavagem, e isso é uma saqueira. Ai, que saco! Vamos lá, George, leve-me no elevador. E você, empregada, fique aqui. Ela não vai fazer nada.

— Mas ela não vai morrer, doutor? — gemeu Nettie.

— Não — disse o médico. — Você não a mataria nem com um machado.

IV

Dois dias depois, Hazel Morse voltou à consciência, meio tonta a princípio e, depois, com uma lenta e progressiva compreensão de sua própria miserabilidade.

— Oh, Deus, oh, Deus — grunhia, com lágrimas inundando suas faces.

Nettie surgiu logo que a ouviu. Naqueles dois dias, tinha desempenhado a horrível e incessante tarefa de cuidar de uma pessoa inconsciente; por duas noites, tinha conseguido roubar alguns minutos de sono no sofá da sala. Olhou com frieza para aquela mulher enorme na cama.

— Quê que foi, dona Hazel? — perguntou. — Tomando aquele monte de porcaria?

— Oh, meu Deus — gemeu Hazel de novo, tentando cobrir seus olhos com os braços. Mas suas juntas pareciam quebrar-se de dor, fazendo-a chorar.

— É coisa de doido, tomar essas drogas — disse Nettie. — Dá graças a Deus por estar aqui. Tá passando bem?

— Ah, claro, estou ótima — disse Hazel. — Melhor, impossível.

A cascata de lágrimas parecia inestancável.

— Isso num é jeito de falar — disse Nettie. — Depois do que a senhora fez. O médico disse que a senhora podia ter sido presa. Ele também.

— E por que ele tinha de se meter? — baliu Hazel. — Por que não ficou quieto?

— Não fale assim, dona Hazel — disse Nettie —, depois do que tanta gente fez pela senhora. Tou aqui há dois dias, tendo que faltar aos outros serviços.

— Oh, desculpe, Nettie — ela disse. — Você é um doce. Desculpe ter-lhe dado tanto trabalho. Não aguentei. Fiquei na fossa. Você nunca se sentiu assim? Quando tudo parece uma droga?

— Eu não penso nisso — declarou Nettie. — A gente tem que se animar. De um jeito ou de outro. Todo mundo tem problemas.

— É — disse Hazel. — Eu sei.

— Chegou um cartão-postal pra senhora — disse Nettie. — Talvez te anime.

Entregou a dona Hazel o cartão-postal. Hazel teve de cobrir um olho com a mão para conseguir ler o que estava escrito; seus olhos não estavam exatamente em foco.

Era de Art. Nas costas de uma foto de Athletic Club de Detroit, lia-se: "Saudades e saudações. Espero que tenha saído da fossa. Deixe de besteiras. Te vejo quinta".

Jogou o cartão no chão. A dor a angustiava como se ela estivesse sendo moída aos pouquinhos. Diante de seus olhos passaram-se, lentamente, dias e dias em que ela dormia em seu apartamento, noites e noites no Jimmy's sendo uma "boa-praça", rindo e namorando Art e outros Arts; viu também um longo desfile de cavalos cansados, mendigos trêmulos e toda espécie de coisas surradas, machucadas, tropeçantes. Seu coração parecia inchar e endurecer.

— Nettie — ela gritou —, por favor, sirva-me um uísque.

A empregada olhou desconfiada.

— A senhora sabe, dona Hazel — disse ela —, a senhora quase que morreu. Não sei se o médico deixa a senhora beber.

— Ah, dane-se o médico — ela disse. — Me faça um uísque e traga a garrafa. Faça um para você também.

— Tá bem — disse Nettie.

Nettie serviu a cada uma um drinque, respeitosamente deixando o seu no banheiro para tomá-lo sozinha, e entregou o copo a dona Hazel.

Hazel Morse olhou para a bebida e teve um calafrio ao sentir o cheiro. Talvez isto ajudasse. Talvez, quando você estivesse a seco por alguns dias, seu primeiro drinque lhe desse uma levantada. Talvez o uísque voltasse a ser o seu melhor amigo. E quase rezou, sem se dirigir a Deus, porque nem conhecia Deus pessoalmente. Oh, por favor, deixe-me encher a cara de novo, deixe-me ficar sempre de porre.

Ela levantou o copo.

— Obrigada, Nettie — ela disse. — À nossa!

A empregada riu:

— É isso mesmo, dona Hazel. Vê se fica mais animada agora.

— É — disse dona Hazel. — Sem dúvida.

O último chá

O rapaz de terno marrom sentou-se à mesa, onde a moça com a camélia artificial no cabelo já o esperava havia quarenta minutos.

— Acho que estou atrasado — disse ele. — Desculpe por fazê-la esperar.

— Ora, imagine! — ela disse. — Acabei de chegar, há menos de um segundo. Só me adiantei e pedi chá porque estava louca para tomar uma xícara. Também me atrasei. Não estou aqui há mais de um minuto.

— Está ótimo de chá, obrigado — ele disse, enquanto ela o servia. — Hei, calma com o açúcar, uma colher é suficiente. E tire da minha frente esses bolos. Estou me sentindo péssimo!

— Está? — ela disse. — O que houve?

— Mal, estou mal — ele disse. — Mal é pouco.

— Ah, tadinho — ela disse. — Está se sentindo malzinho, dodói? E se deu a esse trabalho todo para vir se encontrar comigo! Não devia ter feito isto! Eu teria entendido. Imagine, enfrentar essa distância toda e tão mal.

— Ah, tudo bem — ele disse. — Tanto faz estar aqui como em outro lugar. Do jeito que estou me sentindo, qualquer lugar serve. Ai, acho que vou falecer.

— Que horror — ela disse. — Você parece mal mesmo. Espero que não seja uma gripe. Dizem que todo mundo está gripado.

— Gripe? — ele disse. — Quem me dera que fosse gripe! Ai, sou um cadáver ambulante! É o meu fim! Nunca mais beberei! Sabe a que horas fui para a cama? Às cinco e vinte desta manhã. Mas que noite!

— Pensei que fosse ficar trabalhando até tarde no escritório — ela disse. — Você se queixou de que iria fazer serão a semana inteira.

— É, eu sei — ele disse. — Mas não suportei a ideia de voltar àquele escritório e ficar sentado atrás de uma escrivaninha idiota a noite toda. Aí, fui a uma festa na casa de May. Agora me lembro, havia lá uma pessoa que disse que te conhecia.

— É mesmo? — ela disse. — Homem ou mulher?

— Uma garota — disse ele. — Chama-se Carol McCall. Por que ninguém me falou dela antes? Puxa, que pedaço! Aquela, sim!

— Você achou? — disse ela. — Interessante... nunca vi ninguém achar isso dela. Já ouvi quem dissesse que ela ficaria bonitinha se não carregasse tanto na maquiagem. Mas nunca vi ninguém com esse furor como o seu.

— Você falou a palavra certa: furor — ele disse. — E que par de olhos!

— É mesmo? — ela disse. — Nunca tinha reparado neles. Mas não a vejo há muito tempo, e as pessoas podem mudar.

— Ela me contou que vocês foram colegas de ginásio — ele disse.

— De fato, estudamos na mesma escola — disse ela. — Por

acaso, era uma escola pública que ficava ao lado de nossa casa e minha mãe detestava me ver atravessando ruas. Mas ela estava três ou quatro classes na minha frente. É séculos mais velha do que eu.

— Ela está três ou quatro classes na frente de todo mundo — disse ele. — Como dança! E dança todas! Ela pega fogo numa pista. Não sei como não chamei os bombeiros!

— Por acaso, também saí para dançar ontem à noite — ela disse. — Wally Dillon e eu. Ele estava me enchendo para sair há tempos. Nunca vi ninguém dançar tão bem. Nem sei a que horas cheguei em casa! Devo estar péssima, não?

— Não, você parece ótima — ele disse.

— Wally é louco — ela disse. — As coisas que ele fala! Não sei o que deu nele, começou a dizer que eu tinha olhos lindos e ficou falando disso por tanto tempo que já nem sabia mais onde me enfiar, de tão vermelha. Achei que estavam todos olhando para mim. Olhos lindos! Ele não é louco?

— Não, Wally é assim mesmo — disse ele. — Agora, veja aqui, essa Carol McCall vive recebendo propostas para trabalhar no cinema. "E por que não aceita?", eu perguntei a ela. Mas ela diz que não está a fim.

— Conheci um sujeito na praia, há uns dois verões — ela disse. — Era um diretor ou coisa parecida. Enfim, era um figurão do cinema, e ele ficava dizendo que eu devia trabalhar no cinema. Disse que eu devia estar fazendo os papéis de Greta Garbo. Eu só ria e dizia, "Imagine!".

— Carol me falou que tinha um milhão de propostas — ele disse. — Então eu lhe mandei pegar pelo menos uma, poxa! Já que elas surgem o tempo todo.

— É mesmo? — ela disse. — Por falar nisto, me lembrei de que tinha alguma coisa a perguntar-lhe hoje. Por acaso você me ligou ontem à noite?

— Quem, eu? — ele disse. — Não.

— Dei uma saída e, quando voltei, mamãe me disse que um homem andou me ligando. Achei que podia ter sido você. Não imagino quem terá sido. Ah, sim, agora acho que sei. Sem dúvida, já sei quem ligou.

— Bem, não fui eu — ele disse. — Nem passei perto de um telefone ontem à noite. Puxa, que ressaca hoje de manhã! Liguei para Carol por volta das dez, e ela disse que estava ótima. Aquela garota segura de verdade um porre!

— Comigo é engraçado — disse ela. — Me dá ânsias de vômito ver uma mulher beber. Deve ser culpa minha. Sendo um homem, não me importo tanto, mas acho um horror ver uma mulher daquele jeito. É o *meu* jeito, eu acho.

— Puxa, *ela* segura! — ele disse. — E ainda acorda no dia seguinte como se tivesse tomado água! Isto é que é garota! Hei, o que você está fazendo? Não quero mais chá, obrigado. Não sou muito chegado a chá. E essas casas de chá me deixam meio nervoso. Olhe aquelas velhinhas ali na outra mesa. Me dão urticárias.

— Claro — ela disse —, se você prefere ir beber em outro lugar, com não sei que espécie de gente, não posso fazer nada. Ainda bem que não me falta gente para me convidar a tomar chá. Não sei quantos vivem me convidando a tomar chá com eles. Gente a dar com o pé!

— Está bem, está bem — ele disse. — Estou aqui, não estou? Não precisa se exaltar.

— Todo dia é alguém diferente — ela disse.

— Então, por que está resmungando? — ele disse.

— Deus meu, não é da minha conta o que você faz — disse ela. — Mas detesto ver você perdendo o seu tempo com pessoas que não chegam aos seus pés. Só isto.

— Não perca o *seu* tempo se preocupando comigo — ele disse. — Estou ótimo. Você não tem com que se preocupar.

— Mas é só porque não gosto de vê-lo desperdiçando seu tempo — ela disse. — Tipo dormindo tarde e acordando tão mal no dia seguinte. Ah, tadinho, eu estava me esquecendo que você estava tão dodói. Fui má, não fui? Tadinho! Como se sente agora?

— Ótimo — ele disse. — Bem melhor. Quer mais alguma coisa? Vamos pedir a conta? Tenho que dar um telefonema antes das seis.

— Mesmo? — disse ela. — Vai ligar para Carol?

— Ela falou que iria estar em casa por esta hora — ele disse.

— Vai sair com ela esta noite? — ela disse.

— Não sei, só vou saber quando ligar — ele disse. — Ela deve ter um milhão de convites para sair. Por quê?

— Nada, estava só pensando — disse ela. — Meu Deus, tenho que voar! Vou jantar com Wally, e ele é tão louco que já deve estar lá me esperando. Me ligou hoje umas cem vezes.

— Depois que pagar a conta, vou levá-la até o ônibus — ele disse.

— Ah, não se preocupe — disse ela. — É logo ali na esquina. Mas tenho que sair correndo. Acho que você prefere ficar e ligar daqui para sua amiga, não?

— É uma boa ideia — ele disse. — Jura que está tudo bem?

— Oh, claro! — ela disse. Catou suas luvas e bolsa às pressas e levantou-se. Ele fez menção de levantar-se.

— Quando vou vê-lo de novo? — ela disse.

— Te ligo a qualquer hora — ele disse. — Estou enrolado no escritório e mais um monte de coisas. Mas vou te ligar.

— Bem, também estou atolada de compromissos! — ela disse. — É terrível. Não me deixam em paz um minuto. Mas você vai ligar, não vai?

— Vou — ele disse. — Cuide-se bem.

— Claro, e você também — ela disse. — Espero que melhore da ressaca.

— Já estou bem — ele disse. — É que só agora estou voltando à vida real.

— Vai me ligar para dizer se melhorou? — ela disse. — Promete? Mesmo? Bem, então, tchau. Divirta-se esta noite.

— Obrigado — ele disse. — Divirta-se também.

— Ah, sem dúvida — ela disse. — Pelo menos, espero. Tenho de correr. Ah, quase me esqueci! Obrigada pelo chá. Foi ótimo.

— Fique bem, ouviu? — ele disse.

— Bem, não se esqueça de me ligar — ela disse. — Certo? Tchau.

— Tchau — ele disse.

No que ela caminhou para sempre, entre as mesinhas azuis, em direção à rua.

Nova York chamando Detroit

— Detroit na linha — disse a telefonista.
— Alô — disse a garota em Nova York.
— Alô — disse o rapaz em Detroit.
— Oh, Jack! — ela disse. — Oh, querido, que bom ouvir você. Você nem imagina a...
— Alô? — ele disse.
— Você não está me ouvindo? — ela disse. — Estou te ouvindo como se você estivesse do meu lado. Melhorou, querido? Já consegue me ouvir agora?
— Quer falar com quem? — ele disse.
— Com você, Jack! — ela disse. — Com você! É Jean, querido. Está me ouvindo? É Jean!
— Quem? — disse ele.
— Jean! — ela disse. — Não está conhecendo minha voz? É Jean, querido. Jean!
— Ah, oi! — ele disse. — Ora, claro, claro. Como vai?
— Estou ótima — ela disse. — Quero dizer, estou péssima, querido. Eu... oh, é terrível. Não aguento mais. Você não vai

voltar? Quando vai voltar? Você não sabe o que é ficar sem você. Foi há tanto tempo, querido... você disse que iria ficar fora quatro ou cinco dias, e já são quase três semanas. Parecem anos e anos. Tem sido tão terrível, meu amor... é quase...

— Olhe, desculpe — ele disse —, mas não estou ouvindo uma única palavra. Fale mais alto!

— Está bem, está bem — ela berrou. — Melhorou? Está ouvindo agora?

— Melhorou um pouco — ele disse. — Mas fale mais devagar. O que foi que você disse mesmo?

— Eu falei que estava me sentindo péssima sem você — ela berrou de novo. — Já faz tanto tempo, querido! E nem uma palavrinha de você. Estou... oh, Jack, estou quase ficando louca! Nem mesmo um cartão-postal, querido, ou...

— Sinceramente, não tenho tido tempo — ele disse. — Ando trabalhando como uma mula. Você não faz ideia.

— É mesmo? — ela disse. — Desculpe, querido. Fui uma boba de me preocupar. Mas é que... tem sido horrível não falar com você. Pensei que, de vez em quando, você fosse me telefonar para dizer boa-noite... você sabe, do jeito que você fazia quando viajava.

— Bem, pensei nisso algumas vezes — ele disse —, mas achei que você podia ter saído.

— Não tenho saído — ela disse. — Fico em casa o tempo todo, sozinha. É... bem, é melhor para mim. Não quero ver ninguém. Todo mundo pergunta "Quando Jack vai voltar?" ou "Tem falado com Jack?" e fico com medo de chorar na frente deles. Querido, me dói tanto quando me perguntam sobre você e sou obrigada a responder que...

— Nunca vi uma ligação tão de merda quanto esta! — ele disse. — O que te dói mesmo? Qual é o problema?

— Eu disse que me dói quando as pessoas me perguntam

sobre você — ela esganiçou — e sou obrigada a dizer que... ah, não importa. Esqueça. Como está você, querido?
— Ah, estou ótimo — ele disse. — Cansado como o diabo. Você está bem?
— Jack, eu... é o que estou querendo te contar — ela disse. — Estou muito preocupada. Estou quase ficando louca. O que vou fazer, querido, o que vamos fazer? Oh, Jack, querido!
— Não consigo ouvir você murmurando desse jeito — ele disse. — Não pode falar mais alto? Fale direto naquele troço, como-é-que-se-chama-mesmo?
— Não posso berrar mais do que já estou berrando — ela berrou. — Você não entende? Não vê por que estou te ligando? Não consegue entender?
— Desisto — ele disse. — Primeiro você murmura, depois berra. Olhe, estamos perdendo tempo. Não consigo ouvir nada desta maldita ligação. Por que não me escreve uma carta amanhã? Faça isto, está bem? E aí eu respondo. Que tal?
— Jack, escute, escute! — ela disse. — Por favor, me escute. Preciso falar com você. Para lhe dizer que estou quase ficando louca. Por favor, querido, me escute. Eu estava dizendo, Jack, que...
— Espere um minuto — disse ele. — Estão batendo na porta. *Entrem. Ué, porque eu estava berrando ao telefone! Vão entrando, rapazes. Joguem as capas por aí e vão se sentando. O uísque está naquele armário e tem gelo naquela cumbuca. Façam de conta que estão no bar. Falo com vocês em um minuto.* Ei, escute, acabou de chegar um bando de doidos aqui e não consigo ouvir nem o que eu mesmo falo. Me escreva amanhã, está bem?
— Escrever uma carta? — ela disse. — Acha que eu já não lhe teria escrito antes, se soubesse para onde mandar? — Não sabia nem o endereço, até que me deram hoje no seu escritório. Fiquei tão...

— Ah, deram, é? — ele disse. — Pensei que... *Ah, calem a boca, vocês aí. Sosseguem o periquito.* Essa é uma ligação interurbana. Olhe, essa ligação vai te custar milhões. Você não devia fazer isso.

— E o que me importa isto? — ela disse. — Vou morrer se não falar com você. Vou morrer, Jack. Querido, o que foi? Não quer falar comigo? Por que está me tratando desse jeito? Será que... não gosta mais de mim? É isto? É, não é, Jack?

— Porra, não estou ouvindo — ele disse. — Não o *quê*?

— Por favor — ela disse. — Por favor, Jack, escute. Quando vai voltar, querido? Preciso de você. Preciso tanto de você. Quando vai voltar?

— Pois é, era isso que eu ia dizer — ele disse. — Eu ia até te escrever amanhã. *Olha aqui, caras, que tal fecharem a matraca um pouco? E chega de piadas.* Alô. Está me ouvindo? Sabe, do jeito que as coisas estão, parece que vou ter de dar um pulinho a Chicago. É um negócio importante e não vai demorar muito, eu acho. Acho que vou ter de ir para lá semana que vem.

— Não, Jack! — ela disse. — Não faça isto! Você não pode me deixar sozinha deste jeito. Preciso te ver, querido. Preciso. Você tem que voltar, senão vou ter que ir aí te ver. Não posso continuar assim, Jack.

— Olhe, acho melhor desligar — ele disse. — Não adianta tentar entender o que você diz, com você gemendo desse jeito. E está um barulho infernal aqui... *Calem a boca, tá? Puxa, que zorra. Querem que eu seja expulso desse apartamento?* Vá dormir direitinho e eu lhe escrevo amanhã.

— Escute! — ela disse. — Jack, não desligue! Por favor, querido. Diga alguma coisa que me faça dormir bem esta noite. Diga que me ama. Pelo amor de Deus, diga que me ama! Diga! Diga!

— Ah, não dá — disse ele. — Está um horror. Te escrevo amanhã. Tchau.

— Jack! — ela disse. — Jack, não desligue. Espere um pouco. Tenho que falar com você. Vou falar baixinho. Prometo não chorar. Por favor, querido...

— Terminou de falar com Detroit? — perguntou a telefonista.

— Não! — ela disse. — Não, não, não! Telefonista, ponha-o na linha outra vez. Já! Não, esqueça. Não precisa. Esqueça...

Só mais uma

Gostei deste lugar, Fred. Achei ótimo. Como você o descobriu? Você é incrível! Descobrindo este bar, em plena Lei Seca, neste ano de 1928! E eles o deixaram entrar, sem qualquer pergunta! Aposto que você conseguiria até andar de metrô sem bilhete, não é, Fred?

Oh, cada vez gosto mais deste lugar, à medida que meus olhos se acostumam à escuridão. Não acredite se eles lhe disserem que inventaram esse sistema de iluminação, Fred. É copiado de uma caverna de mamutes. É você que está sentado do meu lado, não é? Não tente me enganar. Seria capaz de reconhecer sua mão boba em qualquer lugar.

Sabe do que eu gosto neste lugar? Do *clima*. É o que mais tem. Se você pedisse ao garçom para me trazer uma faca bem afiada, eu poderia cortar um pedaço desse clima e levar para casa. E iria guardá-lo no meu diário. Vou começar um diário amanhã. Não me deixe esquecer.

Não sei, Fred... bem, o que você vai tomar? Então vou tomar um uísque também. Mas só um. É escocês legítimo? Pelo menos seria uma experiência nova para mim. Se você visse o *scotch* que eu tenho no meu guarda-louça; pelo menos estava no guarda-louça hoje de manhã... a esta altura já deve ter evaporado. Ganhei-o de aniversário. Tudo bem. No meu último aniversário, só ganhei um ano a mais de idade.

Uma delícia este uísque, não é? Puxa, quando penso que estou tomando um legítimo *scotch*! E sem ser escondido! Vai tomar outro? Eu não gostaria de vê-lo bebendo sozinho, Fred. Beber sozinho provoca metade dos crimes neste país. Além de ser responsável pelo fracasso da Lei Seca. Mas, por favor, Fred, diga a ele para fazer o meu pequenininho. Bem fraquinho, bem aguado.

Vai ser ótimo ver que efeito faz um escocês autêntico em quem está acostumada a coisas mais simples, como eu. Você vai me ajudar se alguma coisa acontecer, não vai, Fred? Não acho que possa acontecer nada espetacular, mas gostaria de perguntar-lhe uma coisa, por via das dúvidas. Não me deixe levar nenhum cavalo para casa comigo. Gatos ou cães vadios, tudo bem, mas o ascensorista costuma ficar irritado quando se tenta enfiar um cavalo no elevador. E é melhor que você já fique sabendo disso agora, Fred. Com três doses, já começo a pensar que sou são Francisco de Assis.

Mas não acho que vá me acontecer nada por causa desse uísque. É porque ele é de boa qualidade. Faz a maior diferença. Isto só me faz me sentir bem. Oh, estou ótima, Fred. Você também, não? Acho que sim, porque você até ficou mais bonito. Adoro essa gravata que você está usando. Oh, foi Edith que te deu? Que gentil da parte dela. Sabe, Fred, muitas pessoas conseguem ser muito gentis. Só uma droga de uma minoria não consegue. Você tem tão bom coração, Fred. Você seria a primeira pessoa que eu procuraria se precisasse de ajuda, Fred. Acho que você é o melhor amigo que tenho no mundo. Mas eu me preocupo por você. Mesmo. Não acho que você cuide muito bem de si mesmo. Devia se cuidar melhor, por causa de seus amigos. Não devia beber tanto... por seus amigos. Não se importa de eu falar isto, se importa? Veja, querido, é porque sou sua amiga que odeio vê-lo se descuidando desse jeito. Me machuca vê-lo em qualquer espelunca. Venha só a este bar, onde servem um escocês legítimo que não vai lhe fazer nenhum mal. Oh, querido, você acha mesmo que eu deveria tomar outro? Tudo bem, mas diga-lhe que só um pouquinho. Por favor, querido.

Vem sempre aqui, Fred? Eu não me preocuparia tanto a seu respeito se soubesse que frequenta um lugar seguro como este. Ah, então era aqui que você estava quinta à noite? Sei. Não, não, não fez a menor diferença, só que você me pediu para telefonar-lhe e, feito uma pata choca, desmarquei um compromisso que já tinha, só porque pensei que iria vê-lo. Claro, só pensei nisto porque você disse para ligar. Pelo amor de Deus, não faça disto um cavalo de batalha. Não fez a mínima diferença. Só não achei que fosse um comportamento de amigo, só isso. Sempre achei que éramos tão bons amigos. Sou totalmente idiota a respeito das pessoas, Fred. Não há muitas pessoas que sejam amigas da gente de verdade. A maior parte nos passaria a perna por nada. Não tenho a menor dúvida.

Era Edith que estava aqui com você, quinta à noite? Ela deve gostar muito daqui. Exceto uma mina de carvão, não vejo outro lugar cuja iluminação seja mais apropriada para uma bunda daquele tamanho. Você conhece mesmo um monte de gente que diz que ela é bonita? É possível que a maior parte dos seus amigos seja astigmática, não? Fredinho, querido, não estou sendo má... é só uma questão de ver ou não querer ver. Tudo bem, ela não está com catapora, mas se *vestir* bem? Edith se veste *bem*? Quer me tapear, Fred, na minha idade? Você acha mesmo? Então ela se veste daquele jeito de propósito? Meu Deus, sempre achei que ela parecia estar escapando de um edifício em chamas.

Vivendo e aprendendo. Edith se veste bem! Edith tem bom gosto! Ah, claro, ela sabe escolher suas gravatas. Não acho que eu devesse dizer isto a respeito de uma grande amiga sua, Fred, mas nunca vi alguém pior que Edith para escolher gravatas de amigos, em toda a minha vida. A que você está usando neste momento, por exemplo, bate todos os recordes. Está bem, posso até ter dito que gostava dessa gravata. Era porque estava com pena de você. Teria pena de qualquer pessoa com uma coisa dessas no pescoço. Só tentei consolá-lo porque pensei que fosse meu amigo. Amigo! Não tenho um amigo no mundo! Sabia disto, Fred? Nem *um* amigo no mundo!

Está bem, e daí, se estou chorando? Não posso chorar, se quiser? Acho que você também choraria, se não tivesse um amigo no mundo. Estou horrorosa? Deve ser a porra do rímel que escorreu. Preciso parar de usar rímel. Fred, a vida é triste. A vida não é terrível? Oh, meu Deus, a vida não é um horror? Ora, não chore, Fred! Por favor. Não se preocupe, querido. A vida é um horror, mas não se preocupe. Você tem seus amigos. Só eu não tenho ninguém. Só tenho a mim. Euzinha.

Não acho que outro drinque vá me fazer melhorar. E não sei também se quero me sentir melhor. Para que me sentir melhor, se a vida continua uma merda? Ah, está bem. Mas, por favor, diga a ele que é uma dose pequena, se não for muito trabalho. Não quero ficar muito mais tempo aqui. Não gosto deste lugar. É muito escuro e abafado. Deve ser o tipo de lugar que Edith adora — é o melhor que posso dizer. Sei que não deveria falar assim sobre a sua melhor amiga, Fred, mas aquela mulher é terrível. Ela é uma peste. Não sei como você confia nela. Não tolero ver alguém fazendo você de bobo. Não gostaria de vê-lo tapeado. É o que me faz me sentir tão mal. É por isso que estou com a cara toda borrada de rímel. Não, por favor, Fred, não segure minha mão. Não seria justo com Edith. Temos que ser fiéis àquela cretina. Afinal de contas, ela é a sua melhor amiga, não é?

De verdade? Você acha mesmo, Fred? Sim, mas como eu poderia deixar de pensar, se você está com ela o tempo todo? Quando você a traz aqui todos os dias? Mesmo? Foi só quinta-feira? Ah, bom... eu sei como são essas coisas. É difícil fugir de uma pessoa dessas. Que bom, fico feliz de você ter se conscientizado do horror que é aquela mulher. Estava preocupada com isto. Mas é porque sou sua amiga, Fred. Ué, claro que sou, querido. Você sabe que sou. Ora, isto é uma besteira, Fredinho. Você tem uma porção de amigas. Só que nunca terá nenhuma melhor do que eu. Não, eu sei. Sei que nunca terei um amigo melhor que você. Apenas devolva minha mão para eu tirar esses restos de maquiagem de dentro do olho.

Sim, também acho que devíamos ir, meu bem. Que tal uma saideira para consolidar nossa amizade? Só mais um, pequenininho, porque é um *scotch* legítimo. Afinal de contas, a amizade é tudo que importa, não é, Fred? Poxa, como faz bem saber que temos um amigo! Acho fantástico, você não? E você me parece ótimo também. Estou orgulhosa de ter você como amigo. Sabia, Fred, como é raro ter um amigo, quando se pensa em todas as pessoas horríveis que habitam este mundo? Os animais são muito melhores do que as pessoas. Puxa, eu adoro animais. É por isso que eu gosto de você, Fred. Você adora animais.

Olhe, vamos fazer uma coisa depois deste último drinque. Vamos sair daqui e pegar alguns cachorros vadios nas ruas. Sou louca por cachorros. Quanto mais, melhor. Todo mundo deveria ter um ou mais cachorros. E talvez a gente até ache alguns gatos. Ou um cavalo. Nunca tive um cavalo, Fred. Não é um horror? Nem um único cavalo! Ah, gostaria tanto de ter um cavalo, Fred, você não? Eu cuidaria dele e pentearia sua crina diariamente. Ora, não fique brabo por isto, Fred, por favor. Preciso de um cavalo, juro. Você não gostaria de ter um? Ia ser uma delícia. Vamos tomar mais uma e sair em busca de um cavalo. Fredinho, só uma — só mais uma.

A visita da verdade

Está bem, Mona! Oh, coitadinha, logo você! Tão pálida e *coitadinha* nessa cama enorme. Isso mesmo, continue assim, tão infantil e desamparada, sem ninguém para ralhar com você. Pois eu vou ralhar com você, Mona. Porque preciso. Não me contou que estava doente. Nem uma palavra para sua mais velha amiga. Querida, você deveria saber que eu entenderia, não importa o que você fez. O que eu significo para você? Ou o que você pensa que eu significo? Claro, se você não quiser falar do assunto — nem mesmo para a sua amiga mais antiga! Só queria que você soubesse que estarei sempre a seu lado, não importa o que aconteça. Eu sei, algumas vezes é difícil até para mim entender como você se mete em tanta... tudo bem, não quero incomodá-la agora, do jeito que você está.

Está bem, Mona, você *não está* doente. Se é isto que você quer provar, até para mim, tudo bem, querida. Pessoas que não estão doentes ficam de cama por duas semanas, e do jeito que você está, não é? Ah, claro, são os nervos. Você está apenas cansada. Sei. Oh, Mona, minha cara, por que não confia em mim?

Bem... se é assim que você quer, é assim que vai ser. Não vou dizer nem mais uma palavra. Só queria saber o que você tem... bem, ou então por que está tão cansada, se é isto que você quer que eu diga. Incrível, eu nunca teria sabido se não tivesse trombado na rua com Alice Patterson e ela não tivesse me dito que tinha ligado para você e que aquela burra da sua empregada falou que você estava de cama há dez dias. Claro, achei engraçado que você não tivesse me dito nada, mas, sabendo como você é... esquecendo as pessoas e deixando as semanas correr, *semanas*, sem um único pio. Eu podia ter morrido umas vinte vezes nesse espaço de tempo, e você nem tchum. Bem, não vou ficar aqui ralhando com você tão doente, mas, franca e honestamente, Mona, desta vez eu prometi, "Ela vai ter de esperar que eu a procure. Já lhe dei demais de mim mesma. Ela é que vai ter de me ligar". Franca e honestamente, foi o que eu pensei.

Mas aí, cruzei com Alice e me senti uma bruxa. É verdade, Mona. E agora, te ver desse jeito. Puxa, me sinto uma cretina. É o que você faz com as suas habituais cagadas, sua malvada! Ah, minha querida! Está se sentindo malzinha, não é?

Ora, não tente ser tão corajosa, minha querida. Não comigo. Entregue os pontos — ajuda bastante. Me conte tudo. Você sabe que não vou abrir a boca. Ou pelo menos deveria saber. Quando Alice me contou que a sua empregada disse que seus nervos estavam em cacos, naturalmente não disse nada a ninguém, mas pensei comigo, "Bem, vai ver foi a melhor desculpa que Mona poderia ter arranjado". E é claro que eu *jamais* desmentirei isto — mas talvez tivesse sido melhor se você dissesse que estava com gripe ou intoxicada por uma carne de porco. Afinal, ninguém fica de cama dez dias só por estar nervosa. Está bem, Mona, então ficam. Ficam sim. Está bem, querida.

Ah, só de pensar em você passando por tudo isso e jogada nessa cama, sozinha, como um animal ferido ou coisa assim. E dependendo apenas daquela crioula, a Edie, para cuidar de você! Querida, você não deveria estar com uma enfermeira profissional? Deve haver tantas coisas que precisam ser feitas por você. Ora, Mona! Mona, por favor! Querida, não fique tão excitada. Está bem, minha flor, como você quiser... não há mesmo nada a fazer. Apenas me enganei. Só pensei que, afinal... oh, não, não precisa fazer isso! Não tem que *me* pedir desculpas. Eu entendo. Para dizer a verdade, até gostei de vê-la perder a cabeça. É bom sinal quando pessoas doentes ficam furiosas. É um sinal de que vão melhorar. Ah, está certo! Pois pode ficar puta pelo tempo que quiser!

Olhe aqui, onde quer que eu me sente? Gostaria de estar sentada em algum lugar em que você não tivesse de ficar se virando para falar comigo. Fique onde está que eu... Você não devia se mexer, querida. Deve te doer. Está bem, querida, pode se mexer para onde quiser, não é da minha conta. Está bem, eu sou louca. Só não se excite muito, está bem?

Vou só puxar esta cadeira e... desculpe, querida, não queria empurrar a cama... e botá-la aqui, onde você pode me ver. Pronto. Mas deixe-me afofar-lhe os travesseiros antes de me instalar. Eles devem estar superdesconfortáveis, do jeito que você os está puxando e torcendo nos últimos minutos. Olhe aqui, meu bem, deixe-me ajudá-la a levantar-se, bem de-va-ga-ri-nho. Ora, é claro que você consegue levantar-se sozinha, querida. Ninguém disse o contrário. Nem pensei nisso. Pronto, seus travesseiros estão macios e fresquinhos de novo, e você está deitadinha como um anjo, sem se machucar. Não está melhor assim? Está bem, pensei que estivesse!

Só um minuto, até eu pegar meu crochê. Ah, sim, eu o trouxe comigo, para que a gente ficasse juntinhas. Você acha mesmo que ele está bonitinho? Sinceramente? Que bom. Mas é só uma toalhinha de bandeja, você sabe. Quanto mais se tiver, melhor. E esses crochês são tão fáceis de fazer! Olhe só esta bainha. Oh, Mona, minha querida, às vezes penso que se você tivesse uma casa só sua, em que pudesse fazer coisas bonitas como esta, seria tão importante para você. Preocupo-me tanto com você, vivendo naquele apartamentinho pré-mobiliado, em que nada te pertence, sem raízes, sem nada. Não é conveniente para uma mulher como você. Seria tão bom se você esquecesse o tal do Garry McVicker! Se encontrasse outro homem, doce, agradável, que tivesse consideração por você, e se casasse com ele e tivesse o seu próprio lar — e arrumado do seu *gosto*! Mona!... e quem sabe um ou dois filhos! Você gosta tanto de crianças. Mona Morrison, por que está chorando? Ah, está resfriada? Ah, está resfriada *também*. Achei que estava chorando. Quer um lenço, querida? Ah, você já tem. Claro, tinha de ser um lencinho de seda cor-de-rosa. Por que não usa lenços de papel, já que ninguém está vendo? Sua boba extravagante!

Sinceramente, estou falando sério. Já disse a Fred várias vezes, "Ah, se Mona se casasse!". Você não faz ideia da sensação de segurança que é a de se sentir em casa, com as crianças e um maridinho que vem jantar todas as noites. Isto é que é uma *vida* de mulher, Mona. O que você vem fazendo é horrível. Pulando de galho em galho. O que vai ser de você, querida? Mas, claro, você nem pensa nisso. Só pensa em se apaixonar pelo tal Garry. O mínimo que você pode fazer é reconhecer que, desde o começo, eu dizia: "Ele nunca se casará com ela". Você sabe disso. O quê? Você nunca pensou em se casar com Garry? Ora, Mona, conte outra! Toda mulher no mundo pensa em casamento quando está apaixonada por um homem. *Toda* mulher, não importa quem.

Ah, se você fosse casada! Seria tão diferente. Você não imagina o que um filho faria por você, Mona. Puxa, não consigo sequer dirigir a palavra ao tal do Garry depois do que ele fez com você. Bem, como você sabe, nem eu, nem nenhuma de suas amigas. Mas, de minha parte, honestamente, se ele se casasse com você, por mim ficariam elas por elas e eu ficaria feliz por você. Se ele é o que você quer. E tenho certeza de que você, bonita como você é, e ele, bonitão daquele jeito, vocês teriam filhos ma-ra-vi-lho-sos. Mona, querida, você deve estar gripadíssima. Posso pegar-lhe outro lenço? Não mesmo?

Estou furiosa comigo mesma por não ter te trazido flores. Mas achei que este quarto já estaria cheio delas. Bem, vou comprar algumas no caminho e mandar para cá. É meio sinistro isto aqui, sem flores de espécie alguma. Garry não mandou flores? Ah, ele não sabia que você estava doente. Mas ele nunca te manda flores? Nem ligou, esses dias todos, para saber por que você sumiu? Dez dias já? E por que você não lhe telefonou para contar? Ora, Mona, que mania de se passar por heroína. Deixe que ele se preocupe um pouco, querida. Faria bem a ele. Talvez seja este o problema — você sempre carregou o fardo dos dois. Não mandou flores! Nem mesmo telefonou! Bem, eu gostaria de falar com esse rapaz por uns minutos. Afinal, é tudo culpa *dele*.

Ah, ele viajou. Ele o *quê*? Ah, foi para Chicago há duas semanas. Bem, sempre ouvi dizer que se pode falar pelo telefone daqui para Chicago, mas, claro... E, se é que já voltou, o mínimo que poderia ter feito seria fazer alguma coisa. Ah, não voltou? Não voltou até *hoje*? Mona, o que está me escondendo? Ué, se justamente naquela última noite... Ele disse que te ligaria assim que chegasse, não foi? Nunca vi nada tão desleal em toda... Mona, querida, deite-se. Por favor. Não foi o que eu quis dizer. Não sei o que eu queria dizer, mas não foi nada. Vamos falar de outras coisas.

Vejamos. Ah, você devia ver o que Julia Post fez com a sala da casa dela. Paredes marrons — não bege ou creme, mas marrom mesmo — e as cortinas que ela inventou — Mona, juro que não sabia o que ia dizer antes. Alguma besteira ia me escapando. Mas, para você ver como era importante, até já me esqueci. Querida, tente relaxar. Por favor, esqueça aquele homem por alguns minutos. Nenhum homem vale tanto sacrifício. Eu, pelo menos, jamais faria! Você sabe que vai demorar a sarar se continuar assim tão excitada.

O que o médico a mandou tomar, querida? Ou não quer me contar? O quê? O seu próprio médico, dr. Britton? Não acredito! Bem, nunca pensei que ele receitasse um remédio como... Sim, claro, querida, eu sei que ele é especialista em doenças nervosas. Claro, querida. Eu sei, querida, que você tem absoluta confiança nele. Só gostaria que você tivesse um pouquinho de confiança em mim também, de vez em quando; afinal, fomos colegas de ginásio. Você sabe que sou absolutamente solidária com você. Acho que você fez tudo certo. Sei como você sempre falou que daria tudo para ter um filho, mas seria terrivelmente injusto com o bebê trazê-lo ao mundo sem ser casada. Você teria de sair do país e nunca mais ver ninguém... E mesmo assim alguém iria ficar sabendo e contar para todo mundo. As pessoas são assim. Você fez o que tinha de fazer, *eu* acho. Mona, pelo amor de Deus! Não grite desse jeito. Não sou surda. Está bem, querida, está bem. Está bem, está bem. Claro, acredito em você. Não duvido de uma palavra sua. Apenas fique calma. Deite-se e descanse, e vamos conversar calminhas.

Ah, não fique resmungando por causa disto. Já lhe disse umas cem vezes que não vou dizer nada. Não me lembro do *que* ia dizer quando disse "justamente naquela última noite". Eu disse, "justamente naquela última noite"? Não me lembro de ter dito isso. Está bem, Mona, talvez seja melhor assim. Quanto mais penso no assunto, mais acho que seria melhor você saber por mim. Outra pessoa seria capaz de te contar. Essas coisas sempre vêm à tona. E tenho certeza de que você preferiria ouvi-

-la da sua amiga mais antiga, não é? Só Deus sabe o que eu faria para que você visse o que aquele cara realmente é! Agora relaxe, querida. Faça isto por mim, está bem? Querida, Garry não está em Chicago. Fred e eu o vimos justamente naquela noite no Comet Club, dançando. E Alice o viu terça-feira à noite no El Rhumba. E não sei quem mais o viu nos teatros, boates e sei lá o que mais. Enfim, ele não pode ter estado em Chicago mais que um dia ou dois — se é que chegou a ir.

Bem, ele estava com *ela* quando o vimos, querida. Aparentemente, não desgruda dela o tempo todo, ninguém o vê com outra pessoa. Você precisa pôr isto na sua cabeça, querida, é o que lhe resta fazer. Tenho ouvido dizer que ele está *implorando* a ela para se casar com ele, mas não sei se é verdade. Não sei por que ele estaria tão fissurado, mas nunca se sabe o que um tipo daqueles é capaz de fazer. Para mim, seria bem-feito se ele se casasse com ela! Aí ele ia ver! Ela o poria na linha. Iria fazê-lo lamber-lhe as botas. É esperta.

Oh, mas como é *vulgar*! Eu estava até pensando, quando vi os dois juntos outro dia, "Parece uma putinha, não?". Deve ser disto que ele gosta, eu acho. É verdade que ele estava bonitão. Nunca o vi melhor. Claro, você sabe minha opinião sobre ele, mas não posso negar que é um dos homens mais bonitos que já vi na vida. Posso entender como as mulheres ficam loucas por ele — no começo. Até descobrir como ele é de verdade. Ah, se você o tivesse visto com aquela vagabundinha, sem tirar os olhos dela e bebendo cada palavra que ela dizia, como se fossem pérolas! Quase vomi...

Mona, querida, você está *chorando*? Ora, deixe de besteira. Aquele sujeito não vale uma lágrima. Você pensou muito nele, este é o problema. Três anos! Você lhe deu os três melhores anos da sua vida e, esse tempo todo, ele a enganou com aquela mulher. Tente lembrar-se do que você passou — todas as vezes em que ele lhe prometeu que iria desistir dela, e você, sua idiotinha, acreditando nele, enquanto ele corria de volta para ela. E *todo mundo* sabendo disto! Pense nisso e depois me diga se esse homem vale essa choradeira! Realmente, Mona! Eu teria mais orgulho.

Sabe, estou até feliz por isto ter acontecido. Que bom que você descobriu. Desta vez ele foi longe demais. Chicago, imagine! Ia ligar assim que voltasse! O mínimo que alguém poderia fazer seria contar-lhe a verdade, para que você caísse em si. Não me arrependo nem um minuto por ter sido eu. Quando penso nele se esbaldando por aí e vendo você nesta cama, se esvaindo, tenho vontade de... É, sim, é tudo culpa dele. Mesmo que você não estivesse... digo, mesmo se eu estivesse enganada sobre o seu problema, depois do segredo que você fez sobre sua doença, foi ele quem provocou esse seu colapso nervoso. E para mim chega. Tudo por aquele patife! Tire aquele cretino da cabeça!

Ora, claro que você consegue, Mona. Só precisa se recuperar, querida. Basta dizer para si mesma, "Bem, joguei fora três anos da minha vida, e agora chega". Nunca mais *pense* nele. Só Deus sabe, querida, como ele nem pensa em você.

É só porque está doente e fraquinha que está deste jeito, querida. Eu sei. Mas você vai ficar boa. Você vai dar a volta por cima. Você sabe disso, Mona. Porque, afinal de contas... bem, claro que você nunca esteve mais bonita, não quero dizer isto, mas... você sabe, o tempo está passando. E você tem desperdiçado esse tempo todo, parando de ver os amigos, deixando de sair e conhecer outras pessoas, sentada feita uma pata choca esperando por um telefonema de Garry ou que Garry venha visitá-la — como se ele não tivesse nada melhor a fazer! Durante três anos você não tirou esse homem da sua cabeça. Pois agora é preciso tirá-lo.

Oh, meu bem, não lhe fará bem chorar deste jeito. Pare com isto. Ele não é digno nem de se falar nele. Pense na mulher pela qual ele está apaixonado e você verá o que ele é. Você é boa demais para ele. É doce demais. Você se entregou muito rápido. Assim que ele a teve, chutou-a rapidamente. Mas ele é assim mesmo. Sabe, ele te desprezava tanto quanto...

Mona, pare! Mona, pare com isto! Por favor, Mona! Pare de falar assim! Se você não parar de chorar, vai acabar piorando. Pare, Mona, pare! Oh, o que vou fazer com ela? Mona, querida... Mona! Oh, meu Deus, onde está a burra daquela empregada?

Edie. Oh, Edie! Chame correndo o dr. Britton ao telefone e peça-lhe para vir aqui aplicar alguma coisa em Mona para acalmá-la. Acho que ela ficou um pouco alterada.

De noite, na cama

E agora? Qual é o sentido de toda essa escuridão ao meu redor? Será que fui enterrada assim que pisquei o olho? Imagine se eles fariam uma coisa destas! Claro que não. Sei o que é. Estou acordada. É isto. Acordei de madrugada. Não é ótimo? Era tudo o que eu queria. Quatro e vinte da manhã e aqui está esta garota, com dois olhos acesos como um par de girassóis. Formidável. Justamente na hora em que todas as pessoas decentes vão dormir, tenho eu que acordar. Nunca vi maior sacanagem em toda a minha vida. É o que torna as pessoas furiosas e com vontade de matar, sabia?

E sabe o que me levou a isto? Ter ido para a cama às dez da noite. Ir para a cama às dez da noite! É um desastre. D-e-z-espaço-d-a-espaço-n-o-i-t-e: desastre. Cedo na cama e você se dana. Vá dormir com as galinhas e você se aporrinha. Deitada antes do nascer do sol, só lhe restará um lençol. Dez da noite, depois de ler por algumas horas! Ler, ah, ah. Ora, eu acenderia a luz neste exato momento e voltaria a ler meu livro, se não tivesse sido ele o causador desta insônia. Puxa, o estrago que a leitura provoca neste mundo. Todo mundo sabe disto — todo mundo que é *alguém*. Todas as boas cabeças pararam de ler há anos. Vejam o equívoco de La Rochefoucauld sobre isto: ele disse que se ninguém tivesse aprendido a ler, poucas pessoas teriam se apaixonado. Pelo menos, era o que ele pensava. Está bem, La Rochefoucauld. Como eu gostaria de nunca ter aprendido a ler. Gostaria de nunca ter aprendido a tirar a roupa. Pelo menos não estaria nesta entalada às quatro e meia da manhã. Se ninguém jamais tivesse aprendido a tirar a roupa, pouquíssimas pessoas teriam se apaixonado. Não, a frase dele é melhor. Ah, tudo bem, o mundo é mesmo dos homens.

La Rochefoucauld, claro, quieto no seu túmulo, e eu aqui, me contorcendo como uma centopeia. Não adianta ficar fula com La Rochefoucauld. Não vai demorar muito para que eu mande La Rochefoucauld àquele lugar, de uma vez por todas. La Rochefoucauld isso e La Rochefoucauld aquilo. E, se querem saber, se ninguém citasse frases de autores célebres, pouquíssimas pessoas se apaixonariam por La Rochefoucauld. Posso apostar que nove entre dez pessoas que o citam nem saberiam de sua existência se ele não fosse citado naqueles ensaios universitários que dizem, "Bem, como diria La Rochefoucauld...", e depois saem por aí citando o mestre de trás para diante. Um bando de analfabetos, não passam disso. Está bem, continuem mamando em La Rochefoucauld, não ligo a mínima. Prefiro ficar com La Fontaine. Ou com Lynn Fontane, que se casou com Alfred Lunt.

Não sei por que estou perdendo tempo com esses escritores franceses, a esta hora. Não demora muito, vou acabar recitando *Les Fleurs du mal* para mim mesma, e talvez eu pareça um pouco mais boazinha para os outros. E acho melhor ficar à distância de Verlaine — ele tinha sempre um Rimbaud além do arco-íris. E quem precisa de La Rochefoucauld? Ora, foda-se La Rochefoucauld. Grande francês! Adoraria se ele desse o fora da minha cabeça. O que ele veio fazer nela, afinal? Puxa, nem sei o seu primeiro nome — para se ter uma ideia de como sou íntima dele. Se ele pensa que vou hospedá-lo na minha cabecinha, está muito enganado. Pois pode ir dançar em outra freguesia, a única frase dele de que me lembro é a de que há sempre algo agradável para nós nas desgraças dos nossos melhores amigos. Isso me empata o jogo com Monsieur La Rochefoucauld. *Maintenant c'est fini, ça.*

Queridos amigos. Tenho tantos queridos *amigos*. Todos eles, neste momento, entregues a um estupor suíno, enquanto eu estou à toda. Todos roncando abestalhados, justamente nestas horas em que as pessoas poderiam ser mais produtivas. Produzam, produzam, produzam, porque a noite está chegando. Carlyle disse isto. Pobre Carlyle, quase morreu de tanto produzir. Thomas Carlai-yil, eu sei qual era a *su-ua*! Não, chega disso. Chega de ficar me remoendo sobre Carlyle a esta altura do jogo. O que ele fez de tão importante, afinal, além de uma escola para índios? (Isso deve bastar para fazê-lo tremelicar na tumba.) E é bom que ele não se meta na minha insônia, se não quiser saber o que é bom. Já tenho problemas suficientes com aquele velho cínico do La Rochefoucauld — com ele e as desgraças dos seus queridos amigos.

O que eu deveria fazer seria sair e arranjar um novo elenco de amigos queridos. O resto pode esperar. Desde, é claro, que alguém me diga como vou encontrar gente, numa hora em que está todo mundo dormindo e eu sou a única pessoa acordada no mundo. Preciso ajustar os horários. Preciso voltar a dormir agorinha. Preciso me conformar com os padrões desta sociedade pateta. Ninguém precisa sentir que deve mudar seus hábitos idiotas para que eles coincidam com os meus. Não, não, de jeito nenhum. Absolutamente. Eu me ajustarei aos deles. Ou eu não seria eu! Sempre fazendo o que os outros querem, goste ou não. Incapaz de tomar uma iniciativa própria.

E por acaso alguém pode ao menos murmurar uma sugestão que me faça deslizar de volta ao sono? Pois aqui estou eu, acordada como se fosse meio-dia, com a cabeça cheia de La Rochefoucaulds. E, na minha idade, é difícil trocar essas besteiras por contar carneiros. Detesto carneiros. Posso parecer cruel, mas, em toda a minha vida, sempre detestei carneiros. Parece até uma fobia. No que entra um no quarto, já fico irritada. E eles podem esperar sentados se pensam que vou ficar aqui, deitada no escuro, contando-os; só faria isso se fosse para dormir direto até meados de agosto. E se ninguém os contasse, o que poderia acontecer de tão ruim? Se o número de carneiros imaginários nesse mundo continuasse uma questão de suposição, quem perderia ou ganharia com isso? Não, senhor, não contem comigo — não estou aqui para ser a garota do placar de carneiros. Por que eles não se contam a si mesmos, já que parecem tão loucos por matemática? Eles que se virem. E ainda se fossem carneiros de verdade! Caramba, contar carneiros é a coisa mais idiota que já vi na vida.

Mas deveria haver *alguma* coisa que eu poderia contar. Vamos ver. Não, já sei de cor quantos dedos tenho. Já somei minhas contas de luz e gás — acho. Já conferi o que tinha de fazer ontem e não fiz. Poderia ver as coisas que tenho a fazer hoje e que não vou fazer. Bem, posso contar também o que nunca vou chegar a ser; isso é fácil para mim. Nunca serei famosa. Nunca aparecerei num *Who's Who*. Não sei fazer nada. Nada de nada. Costumava roer as unhas, mas nem isto tenho feito ultimamente. Não tenho dinheiro nem para comprar uma passagem para o inferno. Sou um destroço flutuante. E olhe lá. Oh, é terrível.

E por aí vai uma melancolia galopante. Talvez porque seja zero hora. É a hora em que tudo parece uma vertigem entre o dia que acabou e o que vai nascer — em que a gente está mais a fim de desmaiar do que pensar no que passou ou enfrentar o que está para surgir. É a hora em que tudo, sabido ou não sabido, pesa como chumbo no espírito; quando todos os caminhos, virgens ou viajados, parecem fugir dos nossos trambolhões; quando tudo é negro diante dos olhos. Negro aqui, agora, além e acolá. É a hora da abominação, a terrível hora das trevas vitoriosas. As trevas são eternas — e não foi aquele maravilhoso velho cínico, La Rochefoucauld, que disse que é sempre mais escuro antes do dilúvio?

Estão vendo? Agora estão vendo, não é? Lá vem ele de novo. La Rochefoucauld. Ah, meu filho, entre. E que tal cuidar da sua vida e me deixar cuidar da minha? Até tenho o que fazer: dormir. Pense só como vai ficar a minha cara amanhã se isto continuar desse jeito. Vou parecer um monstro para todos os meus queridos amigos, todos eles com suas carinhas frescas, rosadas e descansadas, aqueles malditos. *Querida, o que você andou fazendo, você parecia tão bem ultimamente!* Ah, eu estava por aí, dando umas voltas com La Rochefoucauld e rindo das suas desgraças! Não, o jogo está ficando estúpido. Não é justo que isto aconteça a uma pessoa só porque ela foi para a cama às dez da noite pela primeira vez na vida. Juro que nunca mais vou fazer isto de novo. Vou me comportar bem a partir de agora. Nunca mais irei para a cama na vida, se conseguir dormir agora. Se puder tirar a cabeça de um certo cínico francês, *circa* 1650, e dormir como um anjinho. 1650. Acho que estou com uma cara de quem não dorme desde então.

Como as pessoas fazem para dormir? Acho que até já esqueci. Que tal massagear suavemente as têmporas com o abajur a meia-luz? Ou tentar me lembrar, aos pouquinhos, de um monte de citações de autores profundos? Se ainda conseguir me lembrar daquelas merdas. Talvez dê certo. E talvez me tire da cabeça aquele maldito francês que insiste em me visitar às quatro e vinte. É isso, vamos tentar. Esperem só até que eu vire o travesseiro; parece que a cabeça de La Rochefoucauld está dentro dele.

Bem, vamos ver — por onde começar? Ahn, achei uma. Acima de tudo, para que sejas sincera, como o dia segue a noite, não deves ser falsa a nenhum homem. Bem, começou. E quando começa não para mais. Vamos ver. O que abunda não escasseia. Vamos ver. Quem espera, sempre alcança. Depois da tempestade, a bonança. A galinha do vizinho bota ovo amarelinho. Panela que muitos mexem, ou sai crua ou sai queimada. O sândalo perfuma o machado que o abate. Viúva rica, por um olho chora e por outro repica. O amor que fica é o amor de que mesmo? Esqueci.

Continuando. Um fraco rei faz fraca a forte gente. Quem dá aos pobres, empresta a Deus. A emoção é qualquer coisa recolhida em tranquilidade. Cínico é aquele que sabe o preço de tudo e o valor de nada. Aquele maravilhoso velho cínico... epa, lá vem ele de novo. Preciso tomar cuidado. Vamos ver. Se quiser saber o que Deus pensa dos ricos, veja a quem Ele deu o dinheiro. Se ninguém aprendesse a ler, poucas pessoas...

Está bem. Entrego os pontos. Sei quando estou derrotada. Vou parar com esta bobagem. O que vou fazer é acender a luz e ler até morrer. Até as dez da manhã, se eu quiser. E o que La Rochefoucauld tem com isso? Ah, tem? Pois que tenha. Ele e quem mais? Que venham ele e quem mais ele quiser.

Em função das visitas

O rapaz entrou no apartamento do hotel e ele imediatamente pareceu ter ficado ainda menor.

— Puxa, está o máximo aqui dentro — ele disse. Com isso, não queria fazer nenhum comentário sobre pesos ou medidas. "O máximo", por razões possivelmente conhecidas em algum departamento do céu, era uma expressão então em uso entre as pessoas de sua idade para designar aprovação.

Mas estava mesmo o máximo no quarto, depois do que tinha chovido lá fora. Estava morno e iluminado. As lâmpadas potentes que sua mãe adorava não ficaram mais mortiças pelas luminárias que ela mandara instalar, e ainda havia coisas brilhantes por toda parte: paredes espelhadas de alto a baixo, maçanetas espelhadas com molduras espelhadas, caixas de cigarros com tampas espelhadas, acompanhadas de caixas de fósforos com tampas *também* espelhadas e espalhadas por todo o quarto; para não falar de fotos dele, aos dois anos e meio, aos cinco, aos sete e aos nove anos, emolduradas em espelho, sobre consoles, cômodas ou mesas. Sempre que sua mãe se mudava — o que fazia com frequência — os retratos eram as primeiras coisas que saíam da bagagem. O garoto os detestava. Só quando fez quinze anos seu corpo combinou com sua cabeça; e ele não suportava a visão daquela cabeça enorme, lembrando mais uma cebola, que ostentara em anos passados. Certa vez pediu à mãe para pôr aqueles retratos em outros lugares — de preferência em algum baú num quarto escuro, que pudesse ser trancado. Mas teve a infelicidade de pedir isso numa época em que sua mãe vivia pelos cantos, chorando sem motivo. E assim os retratos continuaram expostos à visitação pública, em suas malditas molduras espelhadas.

Havia ainda o infernal coruscar da tampa de prata da coqueteleira de cristal, mas os restos de líquido em seu interior eram pálidos e sem vida. Não havia brilho, tampouco, no copo empunhado por sua mãe. Estava embaçado pelos dedos dela e, em seu interior, só havia gotas do que havia sido uma bela dose.

Sua mãe fechou a porta por onde ele entrara e conduziu-o à sala, olhando-o com a cabeça ligeiramente inclinada.

— E aí, não mereço nem um beijo? — ela disse, com uma voz meio coquete, como a de uma garotinha. — Hem, seu mauzão? Hem?

— Claro — disse ele. Mas quando se curvou em sua direção, ela deu um passo para trás. Parecia ter havido uma súbita mudança em sua mãe. Num segundo ela pareceu crescer, os ombros se empinaram e sua cabeça alteou-se. Seu lábio superior ficou protuberante e seu olhar gelou entre as pálpebras semicerradas. Como alguém que recusa a venda branca diante do pelotão de fuzilamento.

— Porque, é claro — ela disse, com uma voz que parecia sair das profundezas para dar a cada palavra a sua exata temperatura —, se você não quer me beijar, vamos deixar bem claro que não há a menor necessidade de você fazer isto. Eu não quis me adiantar. Por favor, desculpe. *Je vous demande pardon*. Não tive a menor intenção de forçá-lo. Nunca o forcei. Ninguém pode dizer que fiz isso.

— Ah, mãe! — ele disse. Inclinou-se de novo e beijou-a na face.

Mas o rosto de sua mãe não se alterou, exceto pela lenta (e quase ofendida) abertura de suas pálpebras. As sobrancelhas se arquearam, como se quisessem levar as pálpebras junto com elas.

— Obrigada — disse ela. — Foi muita gentileza de sua parte. Dou valor a gentilezas. Muito valor. *Mille grazie.*

— Oh, mãe! — disse ele.

Durante toda a semana anterior, no colégio interno, ele torcera — para dizer a verdade, chegara a rezar enquanto vinha de trem — para que sua mãe não fosse "daquele jeito" que ele costumava se lembrar como era. Suas preces não tiveram resposta. Soube disso assim que entrou, pela maneira como a voz dela mudava, a cabeça se inclinava ligeiramente, pelo olhar inicialmente de desdém e depois desafiador, pelas palavras truncadas e depois pela enunciação elegante e meio fresca. Ele sabia.

Só podia dizer — Ah, mãe!

— Talvez — disse ela — você se dê a honra de conhecer uma amiga minha. Minha grande amiga. Tenho orgulho de dizer isto.

Havia mais alguém ali. Era incrível que ele não a tivesse visto antes, considerando-se o tamanho da mulher. Talvez estivesse com a visão ofuscada pela luz do quarto, depois de ter atravessado o mal iluminado corredor do hotel; talvez sua atenção estivesse concentrada em sua mãe. Bem, lá estava ela, a amiga do peito de sua mãe, num canto do sofá coberto por aquelas almofadas verdes de algodão que parecem típicas de qualquer hotel. A impressão era a de que o outro lado do sofá iria acabar flutuando no ar.

— Não lhe posso dar muito — disse sua mãe —, mas a vida ainda me permite deixar-lhe algo de que você se lembrará para sempre. Por meu intermédio, você conhecerá um ser humano.

Ah, sim, claro. Aqueles tons de voz, as posturas, o bater de pestanas — os sinais de sempre. Mas quando sua mãe dividia a humanidade entre pessoas e seres humanos, não havia a menor dúvida.

Ele a seguiu através da sala, tentando não pisar na cauda de seu robe de veludo que deslizava pelo chão e açoitava seus calcanhares sobre as chinelinhas douradas. Uma espécie de neblina parecia emanar do sobretudo dele e seus sapatos rangiam. Ele se virou para evitar um encontrão com a mesinha de centro defronte ao sofá, fez um movimento mais brusco e acabou dando o encontrão.

— Mme. Marah — disse sua mãe —, posso apresentar-lhe meu filho?

— Porra, ele é um grande filho da puta, hem? — disse a amiga do peito.

Ela devia saber o que dizia ao se referir a qualquer espécie de grandeza. Se tivesse se levantado, teria ficado ombro a ombro com o rapaz, tendo pelo menos uns trinta quilos a mais do que ele. Vestia toneladas de casacos e sobretudos que imitavam tweed, ornamentados por broches pretos em forma de cachos de uvas. Em seus pulsos maciços havia pulseiras e correntes de prata opaca, das quais pendiam amuletos de marfim descolorido, como dentes podres. Em sua cabeça e pescoço havia uma espécie de véu, pintalgado de bolinhas pretas. Ela parecia não se importar com o véu porque através dele passavam as baforadas de fumaça, mesmo quando o tecido ao redor da boca parecia engomado, já que era por ali que ela tinha tomado o seu drinque.

Sua mãe tornou-se de novo a garotinha.

— Ele não é uma gracinha? — ela disse. — É o meu Cris-
-zinho.
— Como é mesmo o nome? — disse a amiga do peito.
— Ora, Christopher, é claro — ela disse.
Christopher, claro. Se ele tivesse nascido antes, teria sido Peter; mais cedo ainda, teria sido Michael; e quase correu o risco de ser Jonathan. Em seus primeiros tempos de escola havia montes de Nicholas, diversos Robins e, de vez em quando, não faltava um Jeremy. Mas vários dos seus colegas de classe eram Christophers.
— Christopher — disse a amiga do peito. — Ora, até que não é mau. Claro que este som de "f-f-f" pode provocar confusão. Mas não é mau. Quando é o seu aniversário?
— Quinze de agosto — ele disse.
Sua mãe já não era a garotinha.
— Ah, que calor — disse ela —, o cruel calor de agosto! E os pontos que tive de levar. Oh, meu Deus, os pontos!
— Quer dizer que ele é Leão — disse a amiga do peito. — Bem grandinho para um Leão. Tome cuidado, meu filho, de 22 de outubro a 13 de novembro. Evite qualquer coisa elétrica.
— Vou evitar — ele disse. — Obrigado.
— Deixe-me ver sua mão — disse a amiga do peito.
O rapaz lhe deu sua mão.
— Mmm — ela disse, examinando-lhe a palma. — M-hmm, m-hmm, m-hmm. Oh! Bem, *isto* não pode ser evitado. Você até que tem boa saúde, se cuidar bem do seu peito. Vejo uma doença prolongada entre os seus vinte e trinta anos e um grave acidente por volta dos quarenta e cinco, mas é só. Haverá uma infeliz relação amorosa, mas você vai superá-la. Você se casará e... não sei se serão dois ou três filhos. Talvez dois, e mais um nascendo morto, ou qualquer coisa assim. Não vejo muito dinheiro, em tempo

algum. Bem, não descuide do peito. — A amiga do peito devolveu-lhe a mão.
— Obrigado — disse ele.
Sua mãe voltou a ser a garotinha.
— Ele não vai ficar famoso? — disse.
A amiga do peito deu de ombro.
— Não vejo isso na mão dele — disse.
— Sempre achei que ele fosse virar escritor — disse a mãe. — Quando era criança, vivia escrevendo versinhos. Cris-zinho, como eram aqueles sobre o coelhinho corcundinha?
— Ah, mãe! — disse ele. — Não me lembro!
— Ora, claro que se lembra! — disse ela. — Você está sendo modesto. Era sobre um coelhinho que andava todo desajeitadinho por ser corcunda. Claro que se lembra. Bem, acho que você não escreve mais poesias... e, se escreve, não as mostra mais a mim. E suas cartas... são curtas como telegramas. Isto quando você escreve, claro. Oh, Marah, por que eles *têm* de crescer? E agora vai se casar e ter todos aqueles filhos.
— Dois, pelo menos — disse a amiga do peito. — Não estou muito otimista quanto àquele terceiro.
— Acho que nunca irei vê-los, de qualquer maneira — disse a mãe. — Uma velha solitária, trêmula e doente, como eu, sem ninguém para cuidar dela.
Ela pegou o copo vazio de sua amiga sobre a mesinha de centro, encheu-o e ao seu próprio com o que restava da coqueteleira e sentou-se perto do sofá.
— Ora, sente-se, Chris — ela disse. — E por que não tira o casaco?
— Acho que não posso, mãe — ele disse. — Sabe...
— Claro, ele prefere continuar com o casaco molhado — disse a amiga do peito. — Deve gostar do cheiro da baixa-mar.
— Sabem como é, só posso ficar um minuto — ele dis-

se. — O trem atrasou, teve mais um monte de coisas e prometi a papai que iria chegar cedo.

— Oh? — sua mãe disse. A garotinha voltou a si imediatamente. As pestanas logo entraram em cena.

— Mas só porque o trem atrasou — ele disse. — Se tivesse chegado a tempo, eu poderia ficar mais um pouco. Mas aconteceu, e eles estão jantando cedo na casa de papai ultimamente.

— Sei — disse sua mãe. — Sei. Pensei que você fosse jantar comigo. Com sua mãe. Meu único filho. Mas, não, não vai ser assim. Só tenho um ovo em casa, mas eu o teria dividido com você. E com tanto prazer. Mas é você quem sabe, claro. Você tem de pensar primeiro em você. Pois vá e encha a barriga com seu pai. Vá lavar a égua com ele.

— Mãe, você não entende? — ele disse. — Temos de jantar cedo porque temos de dormir cedo hoje. Vamos acordar bem cedinho amanhã para ir de carro para a chácara. Você sabe disso. Eu lhe escrevi.

— Carro? — ela disse. — Então agora seu pai tem carro, pelo que estou vendo.

— É aquela mesma lata velha que ele tem há oito anos — ele disse.

— Mesmo? — ela disse. — Pois os ônibus que sou obrigada a tomar diariamente são todos deste ano.

— Ah, mãe! — ele disse.

— E como vai seu pai? — ela disse.

— Está ótimo — ele disse.

— E por que não? — ela disse. — O que poderia perfurar aquele coração? E como está sua madrasta, digo, a sra. Tennant? Não é assim que ela gosta de se chamar?

— Não vamos começar com isto de novo, ouviu, mãe? — ele disse. — É claro que ela é a sra. Tennant. E você sabe disso. Ela e papai estão casados há seis anos.

— Para mim — ela disse — só uma mulher tem direito a usar o nome de um homem: aquela que lhe deu um filho. Mas é claro que é apenas minha humilde opinião. E quem se importa com ela?

— Você se dá bem com sua madrasta? — perguntou a amiga do peito.

Como sempre, custou-lhe um momento para saber o significado do termo "madrasta". Ele não parecia se aplicar a Whitey, com sua alegre carinha de mico e o cabelinho cor de palha.

Um sorriso despencou dos lábios de sua mãe, duro como um cubo de gelo.

— Algumas mulheres são espertas — ela disse. — Sempre dão um jeito.

— E algumas nascem viradas para a lua — disse a amiga do peito.

A mãe virou-se para o rapaz.

— Vou lhe pedir uma coisa que nunca pedi antes, e com a qual você certamente concordará — ela disse. — Vou lhe pedir um favor. Tire o seu casaco e sente-se, só por alguns minutinhos, para que eu pense que você não está indo embora. Você vai me dar essa pequena ilusão? Não faça isso por afeição, gratidão ou consideração. Mas por piedade.

— Isso, sente-se, pelo amor de Deus — disse a amiga do peito. — Você está me fazendo ficar nervosa.

— Está bem, está bem — o rapaz disse. Ele tirou a capa, pendurou-a em seu braço e sentou-se num sofazinho.

— Nunca vi ninguém tão alto — disse a amiga do peito.

— Obrigada — disse sua mãe. — Se você pensa que estou pedindo muito, reconheço. *Mea culpa*. Bem, agora que estamos aqui juntinhos, vamos conversar, não é? Eu te vejo tão pouco... e sei tão pouco sobre você. Conte-me tudo. Conte-me o que essa sra. Tennant tem que você a considera tanto. Ela é mais bonita do que eu?

— Mãe, por favor — ele disse. — Você sabe que Whitey não é bonita. Ela só tem uma cara engraçada, interessante, sei lá.

— Engraçada, interessante, não é? — ela disse. — De fato, acho que eu nunca poderia me comparar com tudo isto. Ainda bem que a beleza não é tudo. Diga-me, você a considera um ser humano?

— Mãe, não sei — ele disse. — Não entendo dessas coisas.

— Deixe para lá — ela disse. — Retiro a pergunta. A fazenda do seu pai fica bonita nesta época do ano?

— Não é uma fazenda — ele disse. — É uma espécie de chácara. Não tem nem mesmo aquecimento. Só umas lareiras.

— Irônico — ela disse. — Cruelmente irônico. Eu, que adoro uma lareira, poderia ficar o dia todo sentada à beira do fogo, vendo as chamas e as faíscas, tendo sonhos tão felizes. E não tenho nem mesmo um aquecedor a gás. Bem. E quem está indo para essa chácara, a fim de desfrutar das chamas e faíscas?

— Só papai, Whitey e eu — ele disse. — Ah, e o outro Whitey, claro.

Sua mãe olhou para a amiga do peito.

— Está ficando escuro de repente? — ela disse. — Ou será que vou desmaiar?

Olhou de novo para o rapaz: — Quem é este *outro* Whitey?

— Ah, é um cachorrinho — ele disse. — É um vira-lata, mas é uma delícia. Whitey viu-o na rua, quando estava nevando, e ele a seguiu até a casa, e então resolveram ficar com ele. E sempre que papai ou qualquer pessoa chamava Whitey, o cachorro também vinha. Então papai disse, bem, se ele pensa que este é o nome dele, tudo bem. Foi assim.

— Acho que seu pai não está envelhecendo com muita dig-

nidade — disse ela. — Afinal, ficar gagá antes dos quarenta e cinco anos deve ser horrível.
— É uma gracinha de cachorro — ele disse.
— O condomínio não permite que eu tenha cachorros neste prédio — ela suspirou. — Marah, este drinque... está tão fraco quanto o meu coração batendo?
— Por que ele não faz mais dois para nós? — disse a amiga do peito.
— Desculpem — disse o rapaz. — Não sei preparar drinques.
— O que mais eles lhe ensinam naquela escola fresca em que você estuda? — disse a amiga do peito.
Sua mãe inclinou a cabeça para o rapaz.
— Crissy, seja um bom menino — ela disse. — Pegue aquela cumbuca e tire algum gelo bem geladinho da geladeira.
Ele pegou a cumbuca, foi até a minúscula cozinha e tirou uma fôrma de gelo da minúscula geladeira. Quando foi repor a fôrma no congelador, mal pôde fechar a porta, tão entulhadas estavam as prateleiras. Havia uma caixa de ovos, uma lata de manteiga, pãezinhos, três alcachofras, dois abacates, um prato de tomates, uma bandeja de pêssegos (já descascados), sucos em lata, um pote de caviar vermelho, um requeijão, uma boa variedade de frios italianos e uma bela galinha assada.

Quando ele voltou, sua mãe estava ocupada com as garrafas e a coqueteleira. Entregou-lhe a cumbuca de gelo.
— Olhe, mãe — ele disse —, sinceramente, tenho que...
Sua mãe olhou para ele e seu lábio tremeu. — Só mais dois minutos — ela murmurou. — Por favor.
Ele se sentou de novo.
Ela fez os drinques, deu um para sua amiga do peito e ficou

com o outro. Sentou-se a seu lado no sofá, sua cabeça ficou bem pendidinha e seu corpo parecia tão sólido quanto um novelo de lã.

— Quer um drinque? — perguntou a amiga do peito.

— Não, obrigado — disse o rapaz.

— Poderia lhe fazer bem — ela disse. — Faria pará-lo de crescer. Quanto tempo vai ficar na roça?

— Oh, só até amanhã à noite — ele disse. — Tenho de voltar ao colégio domingo à tarde.

Sua mãe aprumou-se. Sua frieza anterior parecia uma canícula comparada ao que se apossara dela agora.

— Isso quer dizer que você não virá me ver de novo? — ela perguntou. — Foi o que entendi?

— Não posso, mãe — disse ele. — Não há a menor possibilidade. Temos de voltar correndo, para que eu possa pegar o trem.

— Compreendo muito bem — disse ela. — Apenas tinha pensado, em minha ingenuidade, que iria vê-lo de novo, antes de você voltar para o colégio. Tinha pensado, claro, que, já que você tem de sair correndo daqui hoje, então eu o veria outra vez, para compensar. Decepções... quando se pensa que já se teve todas, sempre se tem mais algumas. Mas é assim mesmo. Pensar que não posso tirar um segundo do tempo que você passa com eles — eles, que já têm tanto — para mim, sua mãe. Como eles devem gostar que você não queira me ver. Devem morrer de rir. Que triunfo! Como devem ficar felizes.

— Mãe, não diga essas coisas — ele gemeu. — E, de mais a mais, você sabe que...

— Por favor! — ela disse. — Não se toca mais no assunto. Não direi mais uma palavra sobre seu pai, um fraco, um coitado, e com aquela mulher com nome de cachorro. Mas, você... você não tem coração, não tem alma? Não. Não tem. É isso mesmo.

Aqui, na presença de minha amiga, devo dizer o que jamais, *jamais* imaginei dizer. Meu filho não é um ser humano!

A amiga do peito sacudiu seu véu e suspirou. O rapaz ficou quieto.

— Seu pai — disse a mãe. — Será que ele ainda fala com algum de seus velhos amigos? *Nossos* velhos amigos?

— Não sei, mãe — ele disse. — Bem, eles veem um bando de gente, eu acho. Quase sempre há alguém lá. Mas ficam sozinhos a maior parte do tempo. Acho que gostam assim.

— Que ótimo — ela disse. — Eles gostam de ficar sozinhos. Bem quietinhos, contentes. Claro. E os velhos amigos. Menos eu. Todos são casais, têm vida própria, sabem hoje o que vão fazer daqui a seis meses. Para que me convidar? Para que ter lembranças?

— Acho que todos eles são Peixes — disse a amiga do peito.

— Bem, você precisa ir — disse a mãe ao rapaz. — Já é tarde. Tarde! Alguma vez será tarde para mim, quando meu filho quiser ficar comigo? Mas você já tinha dito. Entendo. Vá, Christopher. Vá.

— Desculpe, mãe — ele disse. — Mas eu tinha avisado. — Levantou-se e pegou a capa.

— Meu Deus, ele cresce de minuto em minuto — disse a amiga do peito, ao vê-lo levantar-se.

Desta vez, as pestanas de sua mãe abaixaram-se para a amiga.

— Sempre admirei homens altos — disse à amiga. Voltou-se para o rapaz. — Você precisa ir. Estava escrito. Mas vá com Deus. Leve doces lembranças do nosso pouco tempo juntos. Veja: um dia lhe provarei que não alimento qualquer vingança. Vou lhe provar que só quero o bem daqueles que só me fizeram o mal. Vou lhe dar um presente para levar a eles.

Ela se levantou, atravessou a sala, remexeu em caixas e baús, em vão. Então foi à escrivaninha, afastou papéis e tinteiros, e de lá tirou uma caixinha quadrada, sobre a qual assentava-se um pequeno poodle de gesso, aprumado nas patas traseiras, com as dianteiras para cima e com uma expressão suspirante.

— Isto é uma lembrança dos bons tempos — ela disse. — Mas não preciso de lembranças. Dê essa coisa linda e feliz para quem você ama. Veja! Veja o que é!

Apertou um botão nas costas da caixa e, de dentro dela, saíram hesitantes os sons da *Marselhesa*.

— Minha caixinha de música — ela disse. — Aquela noite de núpcias ao luar, o navio tão lindo, o mar tão tranquilo e acolhedor.

— Puxa, mãe, isto é o máximo — ele disse. — Muito obrigado. Whitey vai adorar. Ela adora coisas assim.

— Coisas assim? — ela disse. — Não existem outras coisas *assim*, exceto as que são dadas de coração. — Parou e pareceu pensar. — *Whitey* vai adorar? — ela disse. — Está me dizendo que vai dar minha caixinha para aquela pretensa sra. Tennant? — Tocou o fundo da caixa; a música parou.

— Pensei que você tinha dito... — murmurou o rapaz.

Ela balançou a cabeça para ele, lentamente.

— Curioso — disse. — Extraordinário que meu filho tenha tão pouca percepção. Este presente, de minha pobre propriedade, não é para ela. É para o cachorro. O cachorrinho que eu não posso ter.

— Bem, obrigado, mãe — ele disse. — Obrigado.

— Agora vá — ela disse —, não vou impedir. Leve os meus votos de alegria para você, entre os que você ama. E, quando puder, quando eles o liberarem um pouco, volte para mim. Estarei esperando. Acenderei uma vela por você. Meu filho, meu único filho, para mim só há desertos entre as suas visitas. Só vivo em função delas... Chris, só vivo em função de suas visitas.

As brumas antes dos fogos

Era um rapaz muito bonito, realmente, feito para ser disputado. Sua voz parecia íntima como o farfalhar de lençóis, e ele beijava à primeira vista. Em seu apartamento não havia besteiras como lencinhos de Chervet, cinzeiros *art moderne*, pijamas com monogramas, chaveiros dourados e caixas de cigarros de madeira de lei, gravadas com cenas de Paris, presenteados por moças excessivamente confiantes e pagas com o dinheiro de seus maridos, o que é aceitável em qualquer parte do mundo. Qualquer mulher que visitasse seu pequeno apartamento ficava imediatamente em chamas com a intenção de redecorá-lo. Desde que ele o ocupava, no mínimo três delas tinham conseguido isto. Cada qual tinha deixado para trás, como um efêmero monumento a si própria, quilômetros de chita e molduras de quadros.

O fulgor do mais recente estofamento estava agora meio embaçado naquela bruma de abril. Havia borrões cinzentos e lilases nas cadeiras e cortinas, no lugar das estamparias de papoulas gigantes e de pequenos e tristes elefantes. (A mais recente das decoradoras voluntárias fora uma moça que parecia ter um estranho interesse por elefantes, desde que não estivessem vivos ou empalhados; sua escolha do estampado da chita se devia não ao fato de estar na moda, mas sim para que ele se lembrasse do hobby dela e, por consequência, dela. Infelizmente, as papoulas, as flores do esquecimento, acabaram predominantes no estampado.)

O rapaz, tão atraente, estava esticado sobre uma cadeira na qual faltava uma perna e com o encosto quebrado. Era um martírio enxergar naquela cadeira qualquer virtude que não fosse a da fugaz modernidade. Devia ser um perigo para qualquer um que se sentasse nela. Sentar-se entre os seus braços já era difícil, mas levantar-se dela devia ser mais difícil ainda. Qualquer um, claro, menos o jovem. Ele era alto, de peito e ombros largos, estreito no resto, mas com os músculos prontos a obedecer-lhe à primeira ordem. Levantava-se e andava, movia-se ou parava, sempre lindamente. Muitos homens o odiavam, mas só se sabe de uma mulher que tenha feito isso. Era sua irmã. Porque era tampinha em altura e com cabelo lambido.

No sofá defronte à cadeira sinistra, sentava-se uma jovem, vestida com suavidade e delicadeza. Sobre ela não havia muito mais do que seda escura e gaze, mas que, a preços correntes, não poderiam ter custado menos do que duzentos dólares. Certa vez, o belo jovem tinha dito que gostava de mulheres bem-vestidas, mas de maneira modesta e conservadora. A tal jovem era daquelas infelizes que nunca esquecem uma palavra. O que lhe tornou a vida particularmente difícil quando, mais tarde, ficou provado que o rapaz também gostava de mulheres dadas a roupas caras, bem cortadas e coloridas como uniformes de uma banda de música.

A jovem era bonitinha aos olhos de muitos, mas havia alguns mais exigentes, tipo artistas, que não viam nela aquela graça toda. Seis meses antes teria sido diferente. Mas agora havia tensão ao redor de sua boca e desconforto em volta das sobrancelhas, enquanto seu olhar demonstrava preocupação. A leve bruma a envolveu. O rapaz que a dividia com ela não conseguia ver essas coisas.

Ela esticou os braços e cruzou as mãos na nuca.

— Oh, que ótimo — ela disse. — Tão bom estar aqui.

— Bom e tranquilo — ele disse. — Poxa, por que as pessoas não conseguem ficar quietas? É pedir tão pouco, não é? Por que não deixam as pessoas em paz por algum tempo?

Ela deixou suas mãos caírem no colo.

— Pois é, não devia ser assim — ela disse. Sua voz era modulada, como se ela respeitasse cada palavra que dizia. — Não há necessidade de que seja assim.

— Pois o que rola por aí é uma merda, querida — ele disse.

— Não tenho dúvida — ela disse. — Há tanto disso que você falou como há centenas de pessoas importunas e desnecessárias. É a ralé que provoca isso. Gente fina é diferente. Você não deveria se misturar, se você me permite dizer, ou, melhor dizendo, por que não se poupa daquelas bruxas que invadem a sua vida e se tornam parte do seu rol de amigos, querido? Estou sendo sincera, Hobie, querido. Tenho pensado em lhe falar isto há tanto tempo. Sei que é duro dizer. Sei também que, ao dizer isto, você pode me confundir com elas, pode me achar vulgar e ciumenta. Claro, você sabe, depois de tanto tempo, que eu não sou como elas. É apenas porque me preocupo com você. Você é tão bom, tão amável, que tenho vontade de morrer quando o vejo se misturar com *coisas* como Margot Wadsorth, a sra. Holt e Evie Maynard e gente desse tipo. Você é tão melhor que elas. Você sabe por que estou dizendo isto. Sabe que não tenho um pingo de ciúme. Ciúme! Deus do céu, se eu tivesse ciúmes, teria de ser por alguém que valesse a pena, e não por uma boba, idiota, ingênua, inútil, egoísta, vulgar, promíscua, galinha...

— Querida! — ele disse.

— Está bem, perdão — ela disse. — Acho que lhe devo desculpas. Não tinha intenção de falar assim a respeito de algumas de suas amigas. Talvez o jeito com que se comportem não seja culpa delas. Afinal de contas, não se pode pedir às pessoas que sejam o que não são. Coitadas, elas nunca saberão como pode ser gostoso, não é? Como pode ser gostoso quando se fica juntinho. Não é? Não é, Hobie?

O rapaz levantou suas pesadas sobrancelhas e contemplou-a, sorriu com um dos cantos de sua boca linda.

— Ah-han — ele disse.

Ele desviou os olhos dela e ocupou-se com um toco de cigarro e um cinzeiro abarrotado, mas ainda sorria.

— Ah, por favor — ela disse. — Você prometeu que iria se esquecer do que aconteceu... do que aconteceu quarta-feira. Disse que nunca mais iria se lembrar daquilo. Oh, não sei o que me fez fazer aquilo! Fazer aquelas cenas. Ficar de tão mau humor. Sair em disparada pela noite! E depois voltar quase de joelhos. Logo eu, que queria apenas demonstrar-lhe como uma mulher podia ser diferente! Oh, por favor, não vamos pensar mais nisto. Só me diga que não fui tão terrível como penso que fui.

— Querida — ele disse. Era um rapaz de ideias muito simples. — Nunca vi nada pior.

— Oh, meu Deus. Oh, meu Deus. O que posso dizer? — ela disse. — "Perdão" é pouco. Estou em pedaços. Em partículas. O que você poderia fazer para me recompor?

E lhe estendeu os braços.

O rapaz se levantou, dirigiu-se ao sofá onde ela se sentava e a beijou. Só tinha pensado num beijo rápido e bem-humorado, como uma espécie de intervalo até ir à geladeira e renovar os drinques. Mas os braços dela o aprisionaram como garras, de tal maneira que ele teve de refazer seus planos. Ele a levantou do chão e não a largou.

Minutos depois, ela moveu a cabeça e escondeu o rosto sobre o seu coração.

— Escute — ela disse, entre os lençóis. — Quero dizer uma coisa agora e nunca mais. Quero lhe dizer que nunca, nunca mais vai se repetir o que aconteceu na quarta-feira. O que nós temos é tão importante que não pode ser barateado. Prometo, oh, prometo a você, que nunca serei como... como qualquer pessoa.

— Você nem poderia, Kit — ele disse.

— Ah, pense sempre assim — ela disse —, e me diga isso de vez em quando. É tão gostoso de ouvir. Promete, Hobie?

— Para uma baixinha como você — ele disse —, você fala demais. — Seus dedos deslizaram sobre o queixo dela e acariciaram seu rosto.

Um momento depois, ela se mexeu de novo.

— Imagine quem eu gostaria de ser, neste exato minuto, mais do que qualquer outra pessoa no mundo? — ela disse.

— Quem? — ele quis saber.

— Eu — ela disse.

O telefone tocou.

O telefone ficava no quarto do rapaz, geralmente quietinho sobre o criado-mudo. Não havia porta no quarto. Apenas uma cortina preservava as intimidades do quarto em relação à sala, e isso tinha suas desvantagens. Outra passagem acortinada dava para um pequeno corredor, de onde saíam o banheiro e o barzinho. E só entrando por um desses, com o telefone na mão, fechando a porta ou abrindo completamente a torneira, que uma segunda pessoa no apartamento não conseguiria ouvir o que estava sendo dito ao aparelho.

— Maldito telefone — disse o rapaz.

— Não é um horror? — ela disse.

— Não vou atender — ele disse. — Pode tocar até estourar.

— Não, não faça isso — ela disse. — Preciso ser forte. E talvez seja apenas alguém que morreu e lhe deixou vinte milhões de dólares. Talvez não seja outra mulher. E, se for, que diferença faz? Está vendo como sou tão compreensiva? Veja como sou generosa.

— Você tem todo o direito de ser, querida — ele disse.

— Eu sei disso — ela suspirou. — Afinal, *ela* não passa de alguém do outro lado do fio, enquanto *eu* estou aqui.

Ela sorriu. Assim passou-se quase meio minuto antes que ele atendesse o telefone.

Ainda sorrindo, a jovem se espichou, fechou os olhos e abriu bem os braços. Um profundo suspiro inflou o seu peito. No que ela se levantou e foi sentar-se de volta no sofá. Tentou assoviar baixinho, mas parecia não conseguir acertar a música e se sentiu vagamente traída. E aí olhou pela sala a meia-luz. E então examinou suas unhas, tendo de trazer cada mão bem perto dos olhos, para certificar-se de que estavam impecáveis. E então puxou a saia e esticou as meias. E então abriu seu lencinho sobre os joelhos e traçou com os dedos o nome "Katherine" bordado num dos cantos. E finalmente parou com aquilo tudo e dedicou-se apenas a ouvir.

— Sim? — disse o rapaz. — Alô? Alô? Eu *já* disse que é Ogden falando. Sim, estou ouvindo. Já disse que *estou* ouvindo! É você que não está ouvindo! Alô? Ah, sim, ouviu... alô? Ora, que diabo é isto? Alô. É, é Ogden quem fala. Quem? Oh, oi, Connie. Como vai, querida? O quê? Você está o quê? Oh, mas que chato. Qual é o problema? Por que não pode? Onde você está, em Greenwich? Ah, sei. Quando, agora? O problema, querida, é que tenho de sair neste momento. Se você viesse agora, não ia adiantar muito... não sei, querida, se poderia fazer isto agora. Tem gente me esperando. Estou até meio atrasado, estava saindo quando o telefone tocou. Não sei, Connie, não sei a que horas vou voltar. Olhe, por que você não passa aqui amanhã, a qualquer hora? Por quê? Não pode me contar agora? Oh... ora, Connie, não precisa ficar falando desse jeito. Claro, eu faria o possível, só que não posso esta noite. Não, não, não, não é nada disto. Não, de jeito nenhum, eu juro. São uns amigos de minha irmã, aquelas coisas que às vezes a gente tem de fazer. Por que não vai para a cama cedinho, e quem sabe se sente melhor amanhã? Hmmm? O que você vai fazer? O quê? Claro que sim, querida. Vou tentar mais tarde, se puder, Connie. Está bem, já que você quer, mas não sei a que horas estarei em casa. Claro que sim. *Está bem*, Connie. Você é uma gracinha. Tchau, querida.

O jovem atravessou de volta as cortinas. Tinha um aspecto cansado. O qual até lhe ficava bem, considerando-se as circunstâncias.

— Oh, Deus — ele disse.

A jovem no sofá olhou-o como que através de uma camada de gelo.

— E como vai a querida sra. Holt? — ela disse.

— Ótima — ele disse. — Estupenda. Em grande forma. — Desabou na poltrona. — Disse que tinha alguma coisa para me contar.

— Não pode ser a idade dela — ela disse.

Ele sorriu sem alegria.

— Ela falou que era muito difícil de contar por telefone — ele disse.

— Bem, então *devia* ser a idade dela — a jovem disse. — Deve ter achado que você ia confundi-la com um número do telefone.

— Uma ou duas vezes por semana — ele disse — Connie tem qualquer coisa a contar às pessoas, e que não pode dizer por telefone. Quase sempre é qualquer coisa assim como ela ter apanhado o copeiro bebendo ou coisa parecida.

— Sei — ela disse.

— Pois é — disse ele. — Coitada da Connie.

— Tadinha da Connie — disse ela. — Oh, meu Deus. Aquela tigresa dos dentes de sabre. Coitadinha da Connie!

— Querida, por que temos de perder tempo falando de Connie Holt? — ele disse. — Vamos cuidar de nós, tá?

— Não enquanto aquela capivara estiver assombrando as ruas — ela disse. — Por acaso ela vem à cidade esta noite?

— Bem, parece que vinha — ele disse —, mas, não sei por quê, disse que não vinha.

— Ah, ela vem, sim — disse a jovem. — Você precisa sair desse paraíso idiota em que está vivendo. Ela vai bater as asas de Greenwich como um morcego disparando do inferno se souber que tem uma chance de ver você. Ah, Hobie, você não quer ver aquela carcaça, quer? Porque, se quiser... bem, suponho que queira. Naturalmente, se ela tem alguma coisa importante a lhe dizer, você vai querer ouvir. Olhe, Hobie, você sabe que pode me ver a qualquer hora. Não é nem um tiquinho importante a gente ficar junto esta noite. Por que não liga para a sra. Holt e a manda pegar o próximo trem? Ela chegaria mais depressa de trem do que de carro, não? Por favor, faça isto. Não haveria problema. Juro.

— É — ele disse —, eu sabia que isso ia acontecer. Já vi tudo pela sua expressão quando voltei do telefone. Oh, Kit, por que você é assim? Você sabe muito bem que a última coisa que quero na vida é ver Connie Holt. Sabe como quero ficar com você. Por que está fazendo isto? Vi como você ficou tentando fazer uma tempestade num copo d'água. O que está querendo com isto? Ai, meu Deus, como é difícil entender as mulheres!

— Por favor, não me chame de "mulheres" — ela disse.

— Desculpe, querida — ele disse. — Não quis usar palavrões. — Sorriu para ela. Ela sentiu seu coração ser passado num espremedor, mas fez o possível para parecer durona.

— Sem dúvida — ela disse, e suas palavras caíram como a geada sobre um pé de milho. — Não sabia o que falava. E, se falei, como falei, qualquer coisa que o desagradasse, por favor, acredite, foi uma infelicidade, não foi de propósito. Pareceu-me estar sendo apenas educada ao sugerir que você não tem a menor obrigação de passar a noite comigo, quando, naturalmente, prefere estar com a sra. Holt. Apenas senti que... oh, à merda com isso! Não sei fazer essas coisas. Claro que não era o que eu queria dizer! Se você tivesse dito, "Tudo bem", e tivesse dito a ela para vir, eu teria simplesmente falecido. Mas eu só disse aquilo porque queria ouvi-lo dizer que era a mim que você queria para ficar com você. Oh, eu precisava tanto daquilo, Hobie. É... é o que me dá razão de viver, querido.

— Kit — ele disse —, você deveria saber, não preciso nem dizer. É esse seu jeito de falar as coisas... Você sabe, *esse* jeito... que estraga tudo.

— Acho que sim — ela disse. — Só que... o problema é... às vezes me confundo toda... é isso mesmo. Não gosto de ficar nessa dúvida, querido. A princípio não precisava, quando tudo estava tão certo, mas as coisas não estão... bem, não são como antes. Parece haver tantas outras que... é preciso que você me diga que sou eu e apenas eu para que não haja mais ninguém. Eu *tinha* de fazer você dizer aquilo, há poucos minutos. Olhe, Hobie. Como você acha que me sinto ouvindo você mentir para Connie Holt, ouvi-lo dizendo que vai sair para jantar com amigos de sua irmã? Por que não podia dizer simplesmente que tinha um encontro comigo? Tem vergonha de mim, Hobie? É isto?

— Oh, Kit — ele disse —, pelo amor de Deus! Não sei por que fiz aquilo. Fiz sem pensar. Foi, vamos dizer, instintivamente, porque me pareceu mais fácil. Acho que sou apenas fraco.

— O quê? — ela disse. — Você, fraco? E quais são as outras grandes novidades desta noite?

— Eu sei que sou — ele disse. — Sei que é fraqueza fazer qualquer coisa para evitar uma cena.

— Mas o que significa a sra. Holt para você, ou você para ela, para que ela faça uma cena se souber que você tem um compromisso com outra mulher? — disse ela.

— Ora bolas! — disse ele. — Já lhe disse que não dou a mínima para Connie Holt. Ela não significa nada para mim. E agora, por favor, vai parar com isto?

— Ah, claro, ela não significa nada. Sei. Naturalmente, deve ser por isso que você a chamou de "querida" umas quinhentas vezes.

— Se fiz isso — ele disse — nem sabia o que estava dizendo. Puta que pariu, isso não quer dizer nada. É simplesmente uma forma de... de não dizer nada, eu acho. Chamo as pessoas por este nome quando não me lembro do nome delas. Ora, chamo até as telefonistas de querida!

— Tenho certeza disso — ela disse.

Eles se entreolharam de maneira resplandecente. A iniciativa partiu do rapaz. Levantou-se e sentou-se juntinho dela no sofá e, por alguns instantes, houve apenas murmúrios. Aí ele disse:

— Vamos parar? Você vai continuar gracinha como agora e vamos parar de brigar?

— Vou — ela disse. — Sinceramente, vou. Não vamos deixar que nada se interponha entre nós, nunca mais. Sra. Holt, definitivamente, vá à merda!

— À merda, mesmo — ele repetiu. Houve outro silêncio, durante o qual o rapaz fez outras coisas que sabia fazer extraordinariamente bem.

De repente, a jovem esticou de novo os braços e o afastou dela.

— E como vou saber — ela disse — se o jeito com que você falou para mim de Connie Holt não é o mesmo com que você fala para ela sobre mim quando não estou aqui? Como vou saber?

— Ai, meu Deus — disse ele. — Logo quando tudo estava indo tão bem. Pare com isso, ouviu, neném? Vamos só ficar quietinhos. Como agora, tá?

Pouco depois ele disse:

— Olhe, minha flor, que tal um drinque? Não seria uma boa ideia? Vou lá dentro fazê-los. Quer que acenda as luzes?

— Oh, não — ela disse. — Prefiro como está, na penumbra. É mais doce. Essa penumbra, às vezes, é tão íntima. E assim não preciso ver aquelas luminárias. Hobie, se você soubesse como eu detesto aquelas luminárias.

— É mesmo? — ele disse, com menos sofrimento do que espanto em sua voz. Olhou para as sombras que as luminárias projetavam como se fosse pela primeira vez. Eram de velino, ou outro material parecido, e sobre elas estava pintada uma cena da margem direita do Sena, com a silhueta dos edifícios recortada para que a luz pudesse passar.

— Algum problema com elas, Kit?

— Querido, se você não sabe, não vou conseguir explicar — ela disse. — Entre outras coisas, elas são banais, inapropriadas e horrorosas. São exatamente o que Evie Maynard *teria* escolhido. Ela pensa, só porque viveu em Paris, que isto é o máximo da sofisticação. Ela pertence àquele grupo que pensa que qualquer referência à *belle France* já é um convite à valsa. Se esta não for a pior pintura que...

— Não gostou da maneira como ela decorou o apartamento? — ele disse.

— Queridíssimo — ela disse —, nunca vi horror igual. Você sabe disso.

— Você gostaria de refazê-la? — ele disse.

— Acho que não — ela disse. — Olhe, Hobie, não se lembra de mim? Eu sou aquela que não quer redecorar o seu apartamento. Está conseguindo me situar? Mas, se um dia eu *topasse*, a primeira coisa que faria seria tirar essas cores horrorosas das paredes. Não, acho que, primeiro, iria estraçalhar essas cortinas de chitão e usá-las como pano de chão, e depois eu...

O telefone tocou.

O rapaz endereçou um olhar cansado para a moça e continuou sentado. Os tinidos da campainha cortaram a bruma do apartamento como tesourinhas.

— Tenho a impressão — disse a jovem, com um certo tom de voz — que seu telefone está tocando. Não deixe de atendê-lo por minha causa. Para dizer a verdade, preciso ir refazer a maquiagem.

Levantou-se, voou através do quarto e entrou no banheiro. Houve o som de uma porta sendo fechada e, imediatamente, o ruído de água corrente.

Quando, poucos minutos depois, ela voltou para a sala, o rapaz estava servindo duas doses de uma bebida branca em copinhos. Ofereceu-lhe uma delas, e seu sorriso era o melhor dos sorrisos.

— Hobie — ela disse —, há algum estábulo por aqui onde aluguem cavalos selvagens?

— O quê? — ele disse.

— Porque, se houver — ela disse —, gostaria que você ligasse e pedisse uma parelha. Gostaria de provar-lhe que nem eles me arrastariam ao ponto de perguntar-lhe quem acabou de telefonar.

— Hmmm — ele disse, e provou seu drinque. — Está seco o bastante, doçura? Você gosta bem seco, não? Tem certeza de que está bem seco? Mesmo? Espere um momento, querida.

Deixe-me acender o seu cigarro. Isso. Tem certeza de que está tudo bem?

— Não aguento mais — ela disse. — Já perdi toda a minha força de vontade! Talvez a empregada a encontre amanhã, jogada no chão, em qualquer canto. Herbert Ogden, quem era aquela ao telefone?

— Oh, aquela? — ele disse. — Bem, digamos que fosse uma moça cujo nome não preciso dizer.

— Eu tinha certeza disso — ela disse. — Sem dúvida, ela tem todas as qualidades de uma... Bem, não cheguei a dizer. Estou tentando me acalmar. Ah, querido, não foi Connie Holt de novo?

— Não, o engraçado foi isto — ele disse. — Esta foi Evie Maynard. E justamente quando estávamos falando dela.

— Ora, ora, ora — ela disse —, não é mesmo um mundo muito pequeno? O que ela tinha em mente, se é que posso lhe fazer um elogio? Seu copeiro também estava bêbado?

— Evie nem tem copeiro — disse ele. Tentou sorrir de novo, mas achou melhor esquecer essa ideia e encheu de novo o copo da jovem. — Não, só está um pouco alta, como sempre. Está dando uma festinha em seu apartamento e todos eles querem sair para outro lugar, só isso.

— Que bom — ela disse — que você tenha de sair com esses amigos da sua irmã. Você já estava na porta quando ela ligou.

— Eu não disse isso a ela — ele respondeu. — Apenas disse que tinha um compromisso marcado há mais de uma semana.

— Ah, então você não mencionou nenhum nome, não é? — ela disse.

— E não haveria nenhuma razão para fazer isto a Evie Maynard — ele disse. — Não é da conta dela, assim como não é da minha conta o que ela faz e com quem faz. Ela não significa nada para mim. Mal a vi desde que ela redecorou o apartamento. Não estou nem aí se nunca mais tornar a vê-la. E, se você quiser saber, até preferia não vê-la de novo.

— Acho que isso poderia acontecer, se você realmente se dedicasse a isso — ela disse.

— E aí, o que tenho com isso? — ele disse. — Ela queria sair comigo para um coquetel, ela e alguns daqueles bofes que andam com ela, e eu disse absolutamente que não!

— E você acha que isso vai afastá-la? — ela disse. — Claro que não. Ela vai vir aqui. Ela e seus amigos soltando plumas. Vamos ver... ela deve chegar mais ou menos na hora em que a sra. Holt se decidirá a vir à cidade. Bem, parece que vai ser uma noite cheia, não?

— Maravilha — ele disse. — E, se me permite, você está fazendo o possível para torná-la ainda pior, queridinha. — Ele serviu mais drinques. — Oh, Kit, por que está sendo tão desagradável? Não faça isto, querida. Não combina com você.

— Eu sei que é horrível — gaguejou ela. — Eu... sei que é defesa, Hobie... mas se eu não dissesse essas coisas, iria começar a chorar. Não gosto de chorar; demoro tanto para parar. Eu... eu estou tão machucada, querido. Não sei o que pensar. Esse monte de mulheres. Essas mulheres horríveis. Se fossem ótimas, finas e inteligentes, eu não me importaria. Ou talvez me importasse. Não sei. Não sei de mais nada. Achei que entre nós ia ser diferente. Não foi. Às vezes penso que o melhor seria não vê-lo nunca mais. Mas aí acho que não poderia suportar isso. Já fui longe demais. Faria qualquer coisa para estar com você! E, de repente, sou apenas uma *destas* mulheres para você. Logo eu, que sempre me achei em primeiro lugar. Oh, Hobie!

— E continua em primeiro lugar, querida — disse ele.

— Mas continuarei sendo? — ela disse.

— Sempre será — ele disse — desde que não me pentelhe. Por favor, volte a ser como era, Kit. Como agora, querida.

E mais uma vez os dois estavam juntinhos, e mais uma vez houve silêncio.

Aí, o telefone tocou.

Foi como se uma única flecha tivesse trespassado o coração de ambos. A moça recuou.

— Você sabe — ela disse, pensativa —, foi minha culpa. Fui eu. A culpa foi minha. Fui eu que insisti para a gente se encontrar aqui, e não em minha casa. Achei que ia ser mais tranquilo, porque eu tinha tanto a falar. Disse que aqui íamos ficar quietinhos e sozinhos. Eu disse.

— Te dou a minha palavra — ele se justificou —, essa droga não toca há uma semana.

— Azar o meu, não? — ela disse —, que acontecesse justamente na *minha* vez, e justamente na minha última vez. Já ganhei até ferraduras de presente de aniversário, para ter sorte. Bem. Por favor, vá atender, Hobie. Fico ainda mais louca ouvindo aquela coisa tocar.

— Espero que seja engano — disse Hobie. Ele a segurou por um momento, dizendo "Querida!". Depois dirigiu-se ao telefone.

— Alô — disse ao aparelho. — Sim? Oi. Como vai, meu bem? Ah, é? Que pena, meu bem. Sabe, é que eu estava fora com uns amigos da minha… fiquei fora até tarde. Ah, você ligou? Desculpe, querida, por ter feito você esperar até tão tarde. Foi mesmo? Oh, que pena, querida, que você esperou tanto. Não, *não* foi o que eu quis dizer, Margot. Eu disse que *talvez* fosse se pudesse. Foi exatamente o que eu disse. Bem, acho que você não me entendeu direito. Está bem, você entendeu. Não, não precisa ficar irritada por isso. Escute, só falei que iria se pudesse, mas não achei que poderia. Pense um pouco e vai se lembrar, querida. Por que não se acalma um pouco? Esta noite não posso, querida. Porque *não posso*! Porque tenho um compromisso marcado há muito tempo! É. Não, não é nada do que você está pensando. Por favor, Margot. Margot, por favor! Nem pense em fazer isto! Estou dizendo que não vou estar aqui. Está bem, venha à vontade, mas não vou estar aqui, querida. Por favor, compreenda. Claro que *gosto*. É impossível conversar com você quando está desse jeito. Te ligo amanhã, querida. Claro que te amo, querida. Olhe. Tenho que sair correndo. Te ligo, tá? Tchau. Beijo.

O rapaz voltou à sala, mas sua voz, estranhamente, veio à sua frente.

— Que tal outra bebida, querida? — ele disse. — Você não acha que devíamos... — Através da bruma espessa, ele viu a jovem. Ela estava dura e tensa. Já tinha o cachecol no pescoço e estava acabando de colocar sua segunda luva.

— O que houve? — ele perguntou.

— Lamento muito — ela disse —, mas quero ir para casa.

— É mesmo? — ele disse. — Posso perguntar por quê?

— Gentileza sua — ela disse —, interessar-se por isto. Até lhe agradeço. Acontece que não posso suportar mais. Existe, eu acho, um provérbio que fala de um verme, não? Deve ser um provérbio árabe. Geralmente é. Bem, boa noite, Hobie, e obrigadíssima por esses drinques deliciosos. Me deixaram animadíssima.

Ela estendeu-lhe a mão. Ele a tomou entre as suas.

— Ora, escute — ele disse. — Por favor, não faça isto, Kit. Por favor, querida. Você está fazendo o mesmo que na quarta-feira.

— É — ela disse —, e exatamente pelo mesmo motivo. Por favor, devolva minha mão. Obrigada. Bem, boa noite, Hobie, e boa sorte.

— Está bem — ele disse —, se é assim que você quer.

— Se é *assim* que eu quero! — ela disse. — É exatamente o que eu não quero! Apenas achei que ficaria mais fácil para você receber os seus telefonemas se estivesse sozinho. Claro que você não pode me acusar de estar me sentindo um pouquinho *de trop*.

— Deus do céu, você acha que quero falar com aquelas idiotas? — ele disse. — O que posso fazer? Tirar o fone do gancho? É o que você quer que eu faça?

— Esse seu truque é bom — ela disse. — É o mesmo que você empregou quarta-feira, quando tentei ligar-lhe depois que cheguei em casa, em profunda agonia.

— Não foi truque algum! — ele disse. — Devia ser gente ligando por engano. Posso lhe garantir que fiquei sozinho aqui o tempo todo depois que você foi embora.

— É o que você diz — ela disse.

— Eu não minto para você, Kit — ele disse.

— Esta é a mentira mais esfarrapada que você já me contou — ela disse. — Boa noite, Hobie.

Só se podia julgar a revolta do rapaz pela expressão dos seus olhos e seu tom de voz. O lindo desenho de sua boca não se modificou. Ele tomou a mão dela e se curvou.

— Boa noite, Kit — disse ele.

— Boa noite — disse ela. — Bem, boa noite. Lamento que isto tenha terminado assim. Mas, se você está à procura de outras coisas... bem, talvez seja o que você queira. Você não pode ter essas peruas e a mim ao mesmo tempo. Boa noite, Hobie.

— Boa noite, Kit — ele disse.

— Lamento muito — ela disse. — Parece tão horrível, não?

— É o que você quer — ele disse.

— *Eu*? — ela disse. — É o que *você* quer.

— Oh, Kit, você não entende? — ele disse. — Você sempre soube. Ainda não entendeu como eu sou? Às vezes digo ou faço algumas coisas que não querem dizer nada, só para não ter de brigar com ninguém. E é isso que me causa problemas. Você não tem de fazer isto. Tem mais sorte do que eu.

— Mais sorte? — ela disse. — Estranho ouvir isto.

— Ou então é mais forte — ele disse. — Mais sincera. Mais decente. Melhor. Qualquer coisa. Não faça isto, Kit. Por favor, ponha a sua bolsa no sofá e sente-se.

— Sentar? — ela disse. — E esperar pela chegada daquelas jararacas?

— Elas não vão chegar — ele disse.

— Como sabe disso? — ela perguntou. — Já vieram aqui antes, não? Como pode garantir que não voltarão esta noite?

— Não sei! — ele disse. — Não sei que diabo estão a fim de fazer! E também não sei de que diabo você está a fim. E eu pensava que você fosse diferente!

— Eu *era* diferente — ela disse —, enquanto *você* pensou que eu fosse diferente.

— Oh, Kit — ele disse. — Kit, querida, volte a ser do jeito que era. Seja doce e quietinha de novo. Olhe. Vamos tomar um drinque e depois sair para jantar e conversar. Que tal?

— Bem — ela disse —, se você acha...

— Acho — ele disse.

O telefone tocou.

— Ai, caramba — estrebuchou a jovem. — Vá, vá atendê-lo, seu galinha!

Ela correu em direção à porta, abriu-a e saiu por ela. Afinal, ela era diferente. Nem bateu a porta, nem a deixou aberta.

O rapaz levantou-se, balançou sua linda cabeça lentamente e, também lentamente, dirigiu-se ao quarto.

Atendeu o telefone, a princípio meio triste, mas depois pareceu muito feliz com a chamada. Estava falando com uma mulher; não era Connie, nem Evie, nem Margot. Implorou-lhe que viesse vê-lo. Disse que a esperaria, de onde ela estivesse. Pediu-lhe também que tocasse três vezes a campainha, e depois duas, até que ele abrisse a porta. Não, não, não, não era pelo que ela estava pensando. É que alguns de seus amigos de negócios tinham falado qualquer coisa a respeito de aparecer, e ele queria se certificar de que não haveria intrusos. E prometeu-lhe uma noite de delícias e suavidade. Ao desligar, disse "Até logo" e chamou-a de "querida".

O lindo rapaz desligou o telefone e contemplou longamente o seu relógio. Parecia estar fazendo contas. Tantos minutos para Kit chegar em casa e se jogar no sofá, tantos para as lágrimas, outros tantos para o cansaço, outros para o remorso e mais alguns para voltar a amá-lo. Cautelosamente, ele tirou o aparelho do gancho e o deixou sobre o criado-mudo.

Então voltou para a sala e rebaixou a luz das luminárias que iluminavam seus quadros de Paris.

Coração em creme

Nenhum olhar, seja de ser humano, besta enjaulada ou algum animalzinho doméstico, jamais chegou a ver a sra. Lanier sem que ela estivesse afogada em melancolia. Ela se dedicava à sorumbatez assim como artistas menores especializam-se em certas palavras, estilos de pintura ou espécie de mármore. A sra. Lanier não era das menores; era das autênticas. O melhor exemplo de um artista autêntico é o daquele ator criado por Charles Dickens, que pintava o corpo *inteiro* de preto para interpretar Otelo. Pode-se presumir com certeza que a sra. Lanier era meditabunda até em seu próprio banheiro e que devia dormitar melancolicamente todas as noites escuras e secretas de sua vida.

Se nada acontecer ao seu retrato, pintado por sir James Weir, ela permanecerá melancólica entre aquelas molduras, para sempre. Ele a mostrou de corpo inteiro, em tamanho natural, toda de amarelo, com os caracóis dos cabelos devidamente empilhados, os pés levemente empenados como elegantes bananas e sua camisola deformada pelo uso; na vida real, a sra. Lanier preferia camisolas brancas, mas são justamente estas que parecem o diabo para tingir, e pode-se esperar que haja alguém neste país capaz de passar um mês e meio executando esta única tarefa? A melancolia jazia, imortal, nos olhos obscurecidos por uma triste esperança, na boca súplice e na cabeça descaída sobre o pescoço comprido e doce, curvado, sob como que submissão, às três voltas do colar de pérolas da sra. Lanier. É verdade que, quando o retrato foi exibido numa mostra, um crítico rabugento perguntou intrigado por que uma mulher que usasse tais pérolas tinha tantos motivos para estar tão triste; mas isso só aconteceu porque ele tinha vendido sua alma de açafrão por alguns centavos ao proprietário de uma galeria rival. Como se sabe, ninguém seria capaz de rivalizar com sir James quando se tratasse de pérolas. Ele as pinta cada uma diferente.

Durante algum tempo, com a obrigação da modelo de se parecer com o retrato, a sra. Lanier usou amarelo todas as noites. Usava vestidos de veludo que pareciam manteiga, outros de cetim que lembravam margarina e tules espiraladas em seu pescoço como rolos de fumaça. Ela os envergava e parecia timidamente surpresa ao ouvir comparações com margaridas, borboletas ao sol e coisas assim; mas sabia o que estava fazendo.

— Não sou sempre assim — ela suspirava, e voltava aos seus panos de cortinas. Assim como Picasso teve sua fase azul, a sra. Lanier teve a sua fase amarela. Ambos souberam quando parar.

De tarde, a sra. Lanier usava roupas escuras, finas e vistosas, com as pérolas derramando-se sobre o seu busto. O que usava de manhã, só Gwennie, a criada que lhe levava o café, poderia dizer; mas, sem dúvida, seria sempre bonito. O sr. Lanier — claro que havia um sr. Lanier, alguns até já o tinham visto — passava pela sua porta a caminho do escritório, e os criados planavam e murmuravam bom-dia, o que a poupava da brilhante crueldade de um novo dia. E só algumas horas depois do meio-dia é que ela se sentia apta a enfrentar as recorrentes tormentas do dia a dia.

Havia coisas a tratar quase diariamente e a sra. Lanier acumulou coragem para enfrentá-las. Tinha de ir à cidade comprar novas roupas e provar as que tinha comprado antes. Suas roupas nunca eram compradas por acaso; como os grandes poemas, exigiam trabalho. Mas ela tremia só em pensar em sair do refúgio de sua casa, porque em toda parte haveria os pobres e desvalidos, para importunar seus olhos e seu coração. Muitas vezes costumava diminuir-se por alguns minutos diante do espelho barroco em sua sala, antes de recompor-se para criar coragem e sair.

Não há saída para as pessoas ternas, não importa quão retas suas intenções ou quão inocente o seu destino. Às vezes, mesmo defronte à sua própria costureira, ou a seu peleiro, ou à mulher que fazia à mão suas calcinhas, ou a sua chapeleira, poderia haver uma fila de garotas mirradas e homens desmazelados, empunhando cartazes com suas mãos frias e que andavam para cá e para lá e para cá e para lá, com seus passos lentos e medidos. Os rostos desses homens pareciam azulados e castigados pelo vento, além de opacos pela monotonia dessa rotina. Pareciam tão pequenos e pobres e desamparados que as mãos da sra. Lanier voavam de piedade a seu coração. Seus olhos se iluminavam de simpatia e seus lábios se abriam como num murmúrio de piedade, enquanto ela abria caminho em meio à fila enxovalhada, em direção às compras.

Poderia haver vendedores de lápis em seu caminho, assim como um homem-tronco cavalgando uma espécie de patim, deslizando com as mãos pela calçada, ou um cego em busca de uma bengala perdida depois de um esbarrão. A sra. Lanier parava e suspirava, de olhos fechados, com uma mão na garganta, para sustentar sua linda e dolorida cabeça. Então ela podia ser vista fazendo o possível, podia-se observar como aquele esforço estremecia seu corpo, enquanto abria os olhos e dava àqueles miseráveis, o cego e os outros, um sorriso de tal ternura e compreensão que lembrava o aroma de jacintos. Algumas vezes, se o sujeito não fosse totalmente horrível, ela até poderia revirar sua bolsa em busca de alguma moeda e, segurando-a com tanta delicadeza como se fosse uma pepita perdida, depositá-la em seu prato. Se ele fosse mais jovem, iria oferecer-lhe seus lápis pelo valor do dinheiro; mas a sra. Lanier não queria nada de volta. Em sua delicadeza, apenas daria o fora, deixando-o com seus bens intactos — sabem, ele não era um trabalhador, como milhões de outros —, mas ela levaria consigo sua consciência tranquila de quem tinha acabado de fazer uma caridade.

Era o que sempre acontecia quando a sra. Lanier saía. Sempre que via na rua os miseráveis, os despossuídos, os esfarrapados, dava-lhes aquele tipo de olhar que dispensava as palavras.

— Coragem, meu filho — dizia este olhar. — E, olhe, me deseje coragem também, viu?

Frequentemente, quando voltava para casa, a sra. Lanier estava flácida como um pudim. Sua empregada Gwennie tinha de pô-la para dormir, ou fazê-la recuperar as forças para trocar sua camisola por uma mais fina e conduzi-la até seu quarto, mesmo com os olhos de farol baixo, mas com seus belos peitos empinados.

Em seu gabinete, era como se estivesse num santuário. Ali seu coração purgava todas as chagas do mundo, e ainda havia espaço para seus próprios choramingos. Era um quarto suspenso sobre a vida, um lugar onde os tecidos eram finos e as flores pálidas, sem um único livro ou folha de papel a descrevê-lo como angustiante. Sob a cortina de sua janela aberta para o rio, em cujas águas as chatas navegavam, carregadas de estranhas tapeçarias coloridas, não havia a necessidade de pertencer àquela espécie de pessoas que consideravam aquilo lixo. Defronte, havia uma ilha com um belo nome, e nela havia uma fileira de edifícios modernos e estreitos, singelos como um quadro de Rousseau. Às vezes, podia-se ver na ilha as soturnas silhuetas de freiras ou enfermeiras, passeando por alamedas. Talvez houvesse figuras menos soturnas através das janelas fechadas dos edifícios, mas isto nem se cogitava na presença da sra. Lanier. Todos que penetravam em seu gabinete só tinham uma intenção: preservá-la de tanta dor.

Ali, à luz daquele entardecer azul, a sra. Lanier, sentada sobre seus tafetás opalescentes, choramingava. E, ali mesmo, os jovens que a visitavam tentavam convencê-la a levar sua vida.

Havia algo em comum na visita desses jovens. Vinham em grupos de três ou quatro ou seis, durante uma época, e então haveria um que ficaria mais algum tempo depois que os outros se fossem, o qual acabaria, um dia, chegando mais cedo que os outros. Então haveria dias em que a sra. Lanier não estaria em casa para os outros rapazes e em que aquele jovem adorável estaria sozinho com ela sob todo aquele azul. E então a sra. Lanier também já não estaria em casa para aquele rapaz e Gwennie teria de dizer-lhe (e dizer-lhe de novo) que ela tinha saído ou que não podia ser acordada. Os grupos de jovens às vezes voltavam, mas aquele rapaz já não estava com eles. Mas sempre havia, entre eles, um outro jovem, que costumava ficar até mais tarde, ou chegar mais cedo, e que, em pouco tempo, estaria brigando com Gwennie ao telefone.

Gwennie — sua mãe viúva a tinha batizado como Gwendola e, em seguida, ao ver que nenhum outro sonho seu poderia se realizar, preferira morrer — era nanica, compacta e insignificante. Fora criada numa fazenda por um tio e uma tia que se dedicavam à terra como se fossem beterrabas. Depois que eles morreram, ela já não tinha parentes. Veio para Nova York porque ouviu falar de oportunidades de trabalho, e chegou justamente quando a cozinheira da sra. Lanier precisou de uma auxiliar. Assim, em sua própria casa, a sra. Lanier descobriu um tesouro.

Os dedos de Gwennie, endurecidos pelo trabalho na fazenda, podiam fazer costuras invisíveis, transformar um ferro de engomar numa varinha de condão e passar como uma brisa de verão sobre as roupas e os cabelos da sra. Lanier. Estava ocupada 24 horas por dia, e seus dias duravam frequentemente mais do que de um nascer do sol ao outro. Nunca parecia cansada, nunca resmungava, era sempre animada sem precisar expressá-lo e jamais deixava a suspeita de que houvesse qualquer problema.

A sra. Lanier costumava dizer frequentemente que não saberia o que fazer sem a gracinha da Gwennie; se a gracinha da Gwennie a deixasse, ela disse, teria que simplesmente entregar os pontos. E dizia isso com tanto abandono e fragilidade que as pessoas corriam a Gwennie para checar se havia perspectivas de casamento ou morte súbita em seu futuro. Mas não havia qualquer problema desse tipo, porque Gwennie era forte como uma anta e não tinha namorado. Aliás, não tinha sequer um amigo e parecia não dar pela falta deles. Sua vida era dedicada à sra. Lanier; como todos que pareciam próximos, Gwennie tentava apenas fazer o possível para resguardar a sra. Lanier de sua dor.

Claro que os outros podiam ajudar evitando lembranças da tristeza circundante no mundo, mas a tristeza interior da sra. Lanier era outra coisa. Ali jazia um anseio tão profundo, tão secreto em seu coração que poderiam passar-se dias sem que ela mencionasse a palavra — a palavra — para qualquer um dos rapazes.

— Se eu tivesse um filho — ela suspirava —, um filhinho, acho que quase conseguiria ser feliz. — E ela cruzava os braços, como se estivesse lentamente embalando em seus braços aquela criatura de seus sonhos. E então a *madonna* renegada atingia o apogeu de sua melancolia, e o rapaz teria de viver ou morrer por aquilo, como se tivesse investido tudo naquilo.

A sra. Lanier nunca explicou por que seu desejo não se realizava; o rapaz ao seu lado sabia que ela era muito doce para pôr a culpa em alguém e muito orgulhosa para dizer por quê. Mas, junto a ela, sob aquela luz azul, por mais que compreendesse, seu sangue fervia ao calor da fúria ao saber que um certo sr. Lanier ainda não tinha sido assassinado. Um ou outro implorava à sra. Lanier, a princípio em murmúrios gaguejantes, depois em espasmos em voz alta, que o deixasse arrancá-la daquela vida de merda e que o deixasse tentar fazê-la mais ou menos feliz. E era sempre depois disto que a sra. Lanier estava sempre fora para o rapaz, ou doente, ou não podia atender porque estava dormindo.

Gwennie nunca entrava no gabinete quando havia um rapaz lá; mas, quando se tratava dos grupos, entrava e saía sem pedir licença, para limpar os cinzeiros ou encher os copos. Todos os criados dos Lanier eram discretos, silentes ao andar e corretamente indistintos de feições. Quando havia mudanças a serem feitas na criadagem, Gwennie e o caseiro encarregavam-se do problema e nem falavam do assunto com a sra. Lanier, para que ela não sofresse com uma ou outra deserção ou ficasse aflita com algum caso triste. Os novos criados sempre se pareciam com os antigos, e de tal forma que eram indistinguíveis. Isto é — até que foi contratado Kane, o novo motorista.

O antigo motorista foi substituído porque já era velho demais. Incrível como pesa no coração ver um rosto familiar tornar-se tão enrugado e seco, as costas se encurvarem e o pescoço sobrar nos colarinhos. O velho motorista enxergava, ouvia e dirigia como de costume, mas seu aspecto era de cortar o coração da sra. Lanier. Com lágrimas na voz, ela disse a Gwennie que não aguentava mais vê-lo sem querer chorar. E assim se foi o velho motorista, e Kane entrou em cena.

Kane era jovem, e não havia nada de depressivo em seus ombros largos e no pescoço forte que podia ser visto por quem se sentasse no banco de trás, no automóvel de passeio. Era impecável no uniforme, que lhe assentava tão bem, abrindo a porta do carro e fazendo uma mesura, para que a sra. Lanier entrasse ou saísse. Mas, quando não estava em serviço, eriçava as esporas como um galo e havia um sorriso sutil em sua boca vermelha.

Muitas vezes, no inverno, quando Kane deveria esperá-la no carro, a sra. Lanier pedia humanamente a Gwennie para convidá-lo a entrar e esperar na sala dos criados. Gwennie servia--lhe café e ficava olhando para ele. Por duas vezes não ouviu a campainha esmaltada da sra. Lanier a chamá-la.

Gwennie começou a passar suas noites livres fora; até então, costumava desprezá-las para cuidar da sra. Lanier. Numa noite desta nova fase, a sra. Lanier cambaleou de volta a seus aposentos, vindo do teatro e de um encontro íntimo à base de murmúrios. E, ao contrário do que sempre acontecera, Gwennie não estava à sua espera, para ajudá-la a despir-se, cuidar de suas pérolas e escovar-lhe o longo cabelo que lhe caía em cachos sobre os ombros. Gwennie ainda não tinha voltado para casa, depois de seu dia livre. A sra. Lanier teve de acordar uma camareira para servi-la insatisfatoriamente.

Gwennie chorou, na manhã seguinte, diante da expressão patética nos olhos da sra. Lanier, mas lágrimas partidas de outra pessoa provocavam mais lágrimas na sra. Lanier, e Gwennie resolveu fechar a torneirinha. A sra. Lanier, delicadamente, fez--lhe festinhas no braço e não se falou mais do assunto, exceto que os olhos da sra. Lanier ficaram um pouco mais sombrios e abertos com esta nova agressão.

Kane tornou-se um positivo alívio para a sra. Lanier. Depois do desfile de misérias nas ruas, era um conforto contemplá-lo de pé ao lado do carro, sólido, ereto e jovem, sem qualquer problema neste mundo. A sra. Lanier acostumou-se até a sorrir para ele, embora daquela sua forma melancólica, como se buscasse nele o segredo da alegria.

E então, certo dia, Kane não apareceu na hora de costume. O carro, que deveria estar esperando para levar a sra. Lanier à sua modista, continuava na garagem, e Kane não tinha sido visto por lá o dia inteiro. A sra. Lanier ordenou a Gwennie que ligasse para a pensão onde ele morava e descobrisse o que tinha havido. A garota respondeu-lhe em prantos que já tinha ligado e ligado e ligado, e que ele não estava e ninguém sabia do seu paradeiro. O choro pode ter sido causado pelo desapontamento de Gwennie ao ver o atropelo que tinha causado na agenda da sra. Lanier; ou talvez fosse o efeito em sua voz de um terrível resfriado que tinha contraído, porque seus olhos estavam vermelhos e, seu rosto, pálido e inchado.

Kane evaporara-se. Tinha recebido o salário na véspera de desaparecer, e isto foi a última coisa que se soube dele. Nunca mais uma palavra, nem ninguém mais o viu. A princípio, a sra. Lanier mal podia acreditar que tais traições pudessem acontecer. Seu coração, doce e suave como um quindim, bateu asas em seu peito, e em seus olhos passou-se todo um filme de sofrimento.

— Oh, como ele pôde fazer uma coisa destas comigo? — ela perguntava desesperadamente a Gwennie. — Como pôde fazer isto a uma coitadinha como eu?

Não houve discussão sobre os motivos do sumiço de Kane; era um assunto muito doloroso. Se alguma visita mais descuidada perguntasse que fim tinha levado aquele motorista tão bonito, a sra. Lanier cobria as pálpebras com suas mãos e lentamente estremecia. A visita se dava conta imediatamente de que tinha tocado num ponto fraco das angústias da sra. Lanier e, a partir daí, fazia o possível para confortá-la.

O resfriado de Gwennie durou um tempo recorde. Semanas se passaram e, mesmo assim, a cada manhã, seus olhos acordavam injetados e seu rosto branco e estufado. A sra. Lanier sentia-se na obrigação de desviar o olhar quando ela vinha trazer-lhe o café na cama.

Ela continuou a cuidar da sra. Lanier com o carinho de sempre e não apenas voltou a desprezar suas folgas, como insistia em trabalhar fora de hora. Sempre fora uma moça calma; agora só faltava ter-se tornado muda, com a língua comida pelo gato. Trabalhava sem parar e, curiosamente, parecia florescer, porque, exceto pelos efeitos do inestancável resfriado, estava gorda e sadia.

— Vejam só — dizia a sra. Lanier ao seu grupo de amigos, quando Gwennie os servia — como minha Gwennie está engordando. Não é uma gracinha?

Mais semanas se passaram e o grupo de rapazes mudou de novo. E houve mais um dia em que a sra. Lanier não estava em casa para o grupo, porque um novo rapaz estava a caminho para ficar a sós com ela. A sra. Lanier sentou-se diante do espelho e delicadamente perfumou o pescoço, enquanto Gwennie armava-lhe os caracóis de cabelos dourados.

O lindo rosto que a sra. Lanier viu no espelho chamou-lhe a própria atenção. Ela depositou o pequeno frasco de perfume e se inclinou para inspecioná-lo mais de perto. Meneando a cabeça, observou que seus olhos melancólicos estavam ainda mais melancólicos e que seus lábios ganharam um ar ainda mais súplice. Cruzou os braços sobre o peito e balançou-os lentamente, como se estivesse ninando uma criança de sonho.

— Se eu tivesse um filho — suspirou. Balançou a cabeça. Delicadamente recompôs-se e suspirou de novo, só que num diapasão mais grave. — Se eu tivesse um filhinho, um que fosse, acho que seria quase feliz.

Houve um barulho atrás dela, que se virou, atarantada. Gwennie tinha deixado cair a escova no chão e estava com o rosto entre as mãos.

— Gwennie! — disse a sra. Lanier. — Gwennie!

A moça descobriu o rosto e parecia como se estivesse sob uma luz verde.

— Desculpe — disse com dificuldade. — Por favor, desculpe. Acho que... oh! Acho que vou vomitar.

Gwennie saiu dali correndo, com tanta pressa que o chão tremeu.

A sra. Lanier acompanhou Gwennie com os olhos e as mãos sobre o seu peito em pedaços. Lentamente virou-se de novo para o espelho e o que ela viu a espantou; o artista conhece sua obra-prima. E ali estava a perfeição de sua carreira, a sublimação da melancolia, e era aquele olhar de estupefação que a tornava possível. Cuidadosamente conservou-o em seu rosto ao se levantar do espelho e, com suas lindas mãos ainda sobre o peito, desceu para encontrar-se com o novo rapaz.

Soldados da República
Uma memória da Guerra Civil espanhola

Naquela tarde de domingo, nos juntamos a uma garota sueca num grande café de Valência. Tomamos vermute em grossas taças, cada qual com uma pedra de mel congelado. O garçom parecia tão orgulhoso daquele gelo que mal conseguia nos encher os copos, por ter de separar-se dele para sempre. Foi fazer sua obrigação — em toda a sala ouviam-se assobios e palmas para chamar sua atenção —, mas não deixava de olhar para trás depois de nos servir.

Estava escuro lá fora, do tipo de noite que desce às pressas, sem uma bruma para intermediá-la com o dia, mas, como não havia luzes nas ruas, tudo parecia velho como a meia-noite. Por isso era de se admirar que houvesse tantas crianças ainda acordadas. Havia crianças pelo café inteiro, sem qualquer solenidade e, por algum motivo, tolerantemente interessadas no que se passava.

Na mesa ao lado, havia uma criança que chamou nossa atenção. Tinha, no máximo, uns seis meses de idade. Seu pai, um homenzinho num enorme uniforme que lhe despencava pelos ombros, segurava-a carinhosamente no colo. O tal homenzinho não fazia ou dizia nada, embora ele e sua jovem mulher, cujo ventre já estava crescido de novo sob o vestidinho ralo, olhassem os outros numa espécie de êxtase de admiração, enquanto o café esfriava à sua frente. O bebê estava todo de branco, e sua roupa estava remendada com tanto cuidado que se podia pensar que a tonalidade de branco dos remendos não tinha variação. Em seu cabelo havia uma fita azul, novinha em folha e amarrada com absoluto equilíbrio entre os laços e o nó. A fita não tinha utilidade, nem o bebê cabelo suficiente para justificá-la. Era apenas um adorno, um calculado toque de classe.

— Oh, por favor, pare com isto! — eu disse para mim mesma. — Tudo bem, a criança está com uma fita no cabelo. Provavelmente a mãe ficou sem comer por alguns dias para que o guri parecesse bonitinho quando o pai viesse para casa de folga. E daí, por que você está chorando?

A enorme sala, mal iluminada, estava botando gente pelo ladrão. Naquela manhã tinha havido um bombardeio aéreo — pior ainda por ter sido à luz do dia. Mas ninguém no café parecia tenso, nem tentando desesperadamente fingir que nada havia acontecido. Tomavam café ou limonada, naquela calma agradável e merecida de uma tarde de domingo, falando besteiras, todos ao mesmo tempo, e com todos ouvindo e respondendo.

Havia muitos soldados no salão, no que pareciam ser uniformes de vinte exércitos diferentes, até se descobrir que toda aquela variedade jazia no grau de uso ou de desbotado do tecido. Apenas alguns deles tinham sido feridos; de vez em quando, via-se um mancando, outro apoiado numa muleta ou em duas bengalas, mas tão a caminho da recuperação que seus rostos estavam até corados. Havia também muitos homens à paisana — alguns, soldados de folga, outros, funcionários do governo, e outros, sabe-se lá. Havia também esposas rechonchudas e matronais, abanando-se com seus leques de papel, e senhoras de idade, tão quietas quanto seus netos. E havia também algumas garotas muito bonitas e algumas lindas, sobre as quais jamais se diria "Que belo tipo espanhol", mas sim "Que bela garota!". As roupas das moças não eram novas, e eram feitas de material humilde demais para ter merecido um corte melhor.

— Não é engraçado — eu disse para a garota sueca — como, num lugar onde ninguém está bem-vestido, ninguém repara?

— Desculpe, não entendi — disse a garota sueca.

Ninguém, exceto um ou outro soldado, usava chapéu. Quando chegamos a Valência, eu vivia o dia inteiro intrigada em saber por que todo mundo nas ruas ria de mim. Não podia ser por "West End Avenue" estar escrito no meu rosto, como uma inscrição feita a giz pelo funcionário da alfândega. Eles gostam dos americanos em Valência, onde conheceram alguns dos bons — os médicos que abandonaram suas clínicas e vieram ajudar, as jovens e tranquilas enfermeiras, os homens da Brigada Internacional. Mas, quando eu saía à rua, homens e mulheres cortesmente faziam mesuras, assim como crianças, em sua inocência, dobravam-se de rir, apontavam e gritavam "Olé!". Bem, mais tarde, quando descobri o motivo, passei a deixar o chapéu no hotel e as risotas pararam. E nem era um daqueles chapéus ridículos; era apenas um chapéu.

O café transbordava de gente, e me levantei da mesa para falar com um amigo. Quando voltei, já havia seis soldados empoleirados nela. Estavam tão agrupados que tive de me esgueirar para recuperar minha cadeira. Pareciam cansados, empoeirados e minúsculos, tal como as pessoas que acabaram de morrer, parecendo ter encolhido, e as primeiras coisas que se observa neles são os tendões em seus pescoços. Eu me sentia uma leitoa premiada.

Todos estavam num animado papo com a garota sueca. Ela falava espanhol, francês, alemão, *qualquer* coisa em escandinavo, italiano e inglês. Quando tinha um minuto para se lamentar, suspirava que seu holandês estava tão enferrujado que já não conseguia falar, só dava para ler, e o mesmo acontecia com o seu romeno.

Eles estavam lhe dizendo — ela me disse — que estavam no fim de suas quarenta e oito horas de folga das trincheiras e que tinham aplicado todo seu dinheiro em cigarros, cigarros que, por fim, não tinham aparecido. Eu tinha um maço de cigarros americanos — na Espanha, nem rubis se comparam a eles — e o tirei da bolsa, e, por alguma mímica mágica, dei-lhes a entender que o estava oferecendo àqueles seis homens loucos para fumar. Quando eles finalmente entenderam o que eu queria dizer, atropelaram-se para me apertar a mão. Que gracinha de mim, repartindo meus cigarros com aqueles homens que iriam para as trincheiras. A liberal e dadivosa. A leitoa premiada.

Todos acenderam seus cigarros com uma espécie de corda amarela que fedia ao ser acesa e que também era usada, traduziu a garota sueca, para acender granadas. Todos ganharam também uma xícara de café e cada qual falou deslumbrado daquela cornucópia horrível de açúcar que vinha dentro. E então começaram a conversar.

Falavam através da garota sueca, mas da maneira como todos fazemos quando falamos em nossa própria língua para alguém que não a entende bem. Olhavam-nos frente a frente, falavam devagar e pronunciavam cada palavra com elaborados movimentos dos lábios. E aí, quando suas histórias terminavam, esperavam nossas reações com tanta ênfase e veemência, como se estivessem certos de que as tínhamos entendido. E estavam tão convencidos disso que nós próprias ficávamos envergonhadas de não ter entendido nada.

Mas a garota sueca nos contou. Eram todos camponeses ou filhos de camponeses, e de uma região tão pobre que é melhor nem lembrar a existência daquele tipo de pobreza. Sua aldeia era vizinha àquela em que todos os velhos, os doentes, as mulheres e as crianças tinham ido, num feriado, a uma tourada; e os aviões passaram e despejaram as bombas sobre a arena. Os velhos, os doentes, as mulheres e as crianças eram mais de duzentos.

Todos eles, os seis, já estavam na guerra havia mais de um ano, a maior parte nas trincheiras. Um tinha um filho, dois tinham três filhos, um tinha cinco. Não recebiam notícias das famílias desde que haviam ido para o front. Era difícil a comunicação; dois deles tinham aprendido a escrever com companheiros de luta na trincheira, mas ainda não se atreviam a escrever para casa. Pertenciam a um sindicato, e sindicalistas, naturalmente, eram mortos quando apanhados. A aldeia em que suas famílias viviam fora capturada, e se a mulher de um deles recebesse uma carta de um sindicalista podia ser fuzilada por este crime.

Falaram de como não sabiam nada de suas famílias havia mais de um ano. E não falaram disso de maneira galante, estoica ou charmosa. Era como se fosse... Bem, quer saber, estamos nas trincheiras há um ano. Não sabemos nada de mulher e filhos, eles também não sabem se estamos vivos ou mortos ou cegos, não sabemos onde eles estão, nem se estão, só sabemos que temos que falar com *alguém*. Foi o que eles nos contaram.

Um deles, cerca de seis meses antes, tivera notícias de sua mulher e dos três filhos — tinham olhos lindos, ele disse — por um cunhado na França. Estavam todos vivos então, ele disse, e tinham direito a uma tigela de feijão por dia. Mas sua mulher não se queixava da comida, ele disse. Só se queixava da falta de linha para costurar os farrapos das crianças. Isso também o desesperava.

— Ela não tem um carretel — insistia em dizer. — Minha mulher não pode comprar um carretel.

Ficamos ouvindo o que a garota sueca nos traduzia. De repente um deles olhou para o relógio e pareceram mais animados. Levantaram-se correndo, chamaram o garçom, tiveram um papo rápido com ele e todos eles nos cumprimentaram. Com gestos, lhes explicamos que eles poderiam levar o resto do maço de cigarros — catorze cigarros para seis homens que voltavam para a guerra —, e então eles nos cumprimentaram de novo. Todas nós dissemos "Salud!", tantas vezes quanto necessário para aqueles seis e nós três, e eles saíram em fila do café, cansados, empoeirados e minúsculos, como só os homens de um corajoso exército sabem ser.

Só a garota sueca falou, depois que eles se foram. A garota sueca estava na Espanha desde o começo da guerra civil. Tinha atuado como enfermeira junto a homens estropiados, carregado macas pelas trincheiras e, fardo ainda pior, ido de volta aos hospitais. Tinha visto e ouvido coisas suficientes para ficar anestesiada, em silêncio.

Bem, era hora de ir embora, e a garota sueca levantou as mãos sobre a cabeça e bateu palmas para chamar o garçom. Ele veio, mas apenas sacudiu a cabeça e voltou para o seu lugar.

Os soldados tinham pagado nossos drinques.

Que pena

I

— Querida — disse a sra. Marshall para a sra. Ames —, nunca fiquei tão surpresa em minha vida. Nunca. Sabe, Grace e eu éramos assim, *assim*.

Estendeu a mão direita e juntou o indicador ao dedo médio, para ilustrar melhor seu argumento.

A sra. Ames sacudiu a cabeça com tristeza e propôs-lhe um brinde com o drinque de canela.

— Imagine! — disse a sra. Marshall, recusando-o, embora de olho grande. — Íamos jantar com eles na terça passada, e aí recebi uma carta de Grace daquela cidadezinha em Connecticut, dizendo que iria ficar por lá não sabia quanto tempo e que, quando voltasse, iria procurar uma quitinete com um quarto grande em Nova York, e que Ernest estava morando no clube.

— E o que fizeram com o apartamento deles? — perguntou ansiosa a sra. Ames.

— Bem, parece que ficou com a irmã dele, com mobília e

tudo — disse a sra. Marshall. — Por falar nisto, lembre-me de ir visitá-la. Ela queria se mudar para cá, de qualquer jeito, e estava procurando um lugar.

— Ela não está se sentindo péssima sobre isso? Digo, a irmã dele? — perguntou a sra. Ames.

— Oh, péssima. — A sra. Marshall achou a palavra inadequada. — Minha cara, pense em como todos os que os conheceram se sentem. Pense em como me sinto. Não me lembro de nada que tenha me deprimido mais. Se tivesse sido com qualquer um, mas com os Weldon!

A sra. Ames concordou.

— Foi o que eu disse — respondeu.

— É o que todo mundo diz. — A sra. Marshall logo monopolizou todo o crédito da incredulidade geral. — Os Weldon se separando! Ora, eu costumava dizer a Jim, "Ainda bem que resta um casal feliz, tão bem integrado e com aquele belo apartamento, e tudo". E, de repente, sem mais nem menos, eles vão e se separam. Não posso entender por que fizeram isto. É horrível!

Mais uma vez a sra. Ames concordou, lenta e tristemente.

— É, isto sempre parece uma pena — ela disse. — Que pena.

II

A sra. Ernest Weldon caminhou pela sala impecável, dando-lhe alguns daqueles pequenos toques femininos. Não era particularmente talentosa nisto. A ideia lhe agradava e lhe parecia gostosa. Antes de se casar, sonhava com seu próprio apartamento, movendo-se nele com tranquilidade e mudando um vaso aqui ou regando uma planta ali e, aos poucos, transformando aquela casa num lar. Mesmo agora, após sete anos de casamento, ela gostava de se imaginar fazendo isto.

Mas, embora conscientemente tentasse fazer isto todas as noites, assim que acendia as luminárias cor-de-rosa, se perguntava como realizar aqueles pequenos milagres que, às vezes, fazem toda a diferença do mundo numa sala. A sala já lhe parecia boa como estava — como sempre estivera, com aquele console sobre a lareira e a velha mobília. Délia, uma das mais femininas criaturas já inventadas, tinha-a submetido a uma longa e enfática série de "toques" naquele dia, e nem um pingo de seu trabalho havia sido perturbado. Mas a façanha de dar aquele pequeno toque que fazia "toda a diferença", como a sra. Weldon sempre fora ensinada, não era uma coisa para se deixar à criadagem. Era uma coisa para a dona de casa. E a sra. Weldon não era de recuar depois que topasse uma empreitada.

Com um ar quase digno de piedade pela insegurança, dirigiu-se ao console da lareira, pegou um vasinho japonês e ficou com ele na mão, olhando por toda a sala, sem rumo certo. A estante laqueada de branco capturou o seu olhar e, com gratidão, ela caminhou até lá e depositou o vasinho numa prateleira, depois de fazer alguns arranjos em outras peças, para dar-lhe lugar. Para desentulhá-la, retirou uma foto emoldurada da irmã do sr. Weldon, de óculos e vestido longo, olhou de novo pela sala, e depositou a foto sobre o piano, timidamente. Alisou a cobertura do piano, ajeitou as partituras de *Um dia em Veneza*, *Para uma rosa selvagem* e *Caprice Viennois*, de Fritz Kreisler, dispostas sobre o cavalete do piano, dirigiu-se à mesinha de chá e fez uma ligeira troca de lugar entre uma manteigueira e um açucareiro.

Então, recuou ao fundo da sala e inspecionou suas inovações. Incrível como pequenas alterações não fazem diferença alguma numa sala.

Suspirando, a sra. Weldon concentrou-se num vaso de narcisos, já ligeiramente murchos. Não havia nada a fazer; a onisciente Délia já os havia suprido de água fresca, podado suas hastes e se livrado de suas irmãs mais velhas. Mesmo assim a sra. Weldon dedicou-se a tentar torná-los mais vivazes.

Gostava de se imaginar uma pessoa de quem as flores poderiam gostar, a ponto de florirem continuamente, para que ela pudesse ser feliz. Quando as flores de sua sala morriam, quase nunca se esquecia de dar um pulo ao seu florista, no dia seguinte, e comprar uma braçada fresca. A algumas pessoas de sua confiança, dizia que amava flores. Parecia haver qualquer coisa de, digamos, apologético nessa singela declaração, como se ela implorasse a seus interlocutores que não vissem nada de muito estranho nessa preferência. Mas parecia mais como se ela esperasse que seu interlocutor caísse de costas, exclamando "Não é possível! Aonde vamos parar?".

Ela admitia também outras espécies de afeições, mas só o fazia de vez em quando; sempre com um pouco de hesitação e de maneira compreensivelmente delicada, por estar abrindo seu coração a respeito de sua preferência por uma cor, por um fim de semana, na roça, por se divertir, por uma peça que fosse realmente interessante, por produtos de primeira, por roupas bem-feitas e pelo pôr do sol. Mas era o seu amor pelas flores que ela declarava com mais frequência. Parecia sentir que era isso, mais até do que suas outras predileções, que a separava do resto da turba.

A sra. Weldon dava o retoque final nos narcisos mais velhos e, mais uma vez, inspecionou a sala para ver se outros tantos retoques se sugeriam por si mesmos. Seus lábios se franziram um momento quando o vasinho japonês cruzou-se com seus olhos, é claro que ele ficava melhor do outro jeito. Ela o pôs de volta irritada como sempre com aquele console.

Ela tinha odiado aquele console desde o momento em que foram ver aquele apartamento pela primeira vez. Havia mais coisas que também odiava no apartamento — o hall comprido e estreito, a escura sala de jantar, os armários inadequados. Mas Ernest parecia gostar do jeito que as coisas estavam, portanto ela nunca disse nada. Afinal, para que criar um caso por tão pouco? Sempre haveria inconveniências, fosse qual fosse o lugar em que morassem. E já tinha havido muitas no último lugar em que moraram.

Por isso, tinham alugado aquele apartamento por cinco anos — haviam se passado quatro anos e três meses agora. A sra. Weldon sentiu-se subitamente deprimida. Debruçou-se sobre a pequena escrivaninha e pressionou sua mãozinha fina contra o cabelo castanho.

III

O sr. Weldon desceu a rua, quase dobrado ao meio em sua batalha contra o vento que soprava do rio. Sua mente encheu-se de pensamentos sombrios sobre a ideia de morar perto de Riverside Drive, a cinco quarteirões de uma estação de metrô — dois deles batidos constantemente por um verdadeiro furacão. Não gostava muito do apartamento, nem mesmo quando conseguia chegar a ele. Assim que viu aquela sala de jantar, concluiu que teriam de acender as luzes para enxergar a comida — coisa que detestava. Mas Grace nunca pareceu dar importância àquilo, e assim ele deixou passar. Para que discutir, afinal? — ele dizia a si mesmo. Sempre haveria alguma coisa errada em qualquer lugar, era inevitável. E, pensando bem, a sala de jantar não era muito pior do que o quarto fantasmagórico do último lugar onde tinham morado. Grace não parecia se incomodar com aquilo.

A sra. Weldon abriu-lhe a porta, ao som da campainha.

— Ora! — ela disse, esfuziante.

Sorriram um para o outro.

— O-lá! — ele disse. — Em casa, a esta hora?

Beijaram-se ligeiramente. Ela observou com discreto interesse enquanto ele pendurava sua capa e chapéu, tirava os jornais do bolso e lhe passava um deles.

— Trouxe os jornais? — admirou-se, pegando um.

Ela o conduziu pelo corredor estreito até a sala, onde ele despencou lentamente em sua poltrona, produzindo um som entre um suspiro e um gemido. Ela se sentou à sua frente, no sofá. Mais uma vez sorriram com um brilho nos olhos.

— Bem, o que andou fazendo hoje? — ele perguntou.

Ela estava esperando a pergunta. Antes que ele chegasse, tinha planejado tudo que queria contar-lhe sobre os eventos daquele dia — como a vizinha tivera uma discussão com o caixa do mercadinho, como Délia tinha inventado uma salada diferente para o almoço, mas com sucesso apenas relativo, ou que Alice Marshall tinha vindo para o chá e que era verdade que Norma Marshall ia ter outro filho. Dedicara-se a costurá-los numa narrativa ágil e graciosa, escolhendo com cuidado frases divertidas para descrevê-los; sentia que iria dizê-las com humor e precisão, e que ele iria rir com a história do mercadinho. Mas, agora, pensando melhor, parecia uma história longa e chata. Não teve forças nem para começá-la. E ele já estava com o nariz enfiado em seu jornal.

— Oh, nada de mais — ela respondeu, com uma risota alegre. — E você, o que fez de bom no seu dia?

— Bem... — ele hesitou. Tinha pensado em contar que havia finalmente resolvido aquele problema em Detroit, e como J. G. ficara entusiasmado ao saber. Mas seu interesse se desvaneceu no exato momento em que ia começar a contar. Além disso, ela parecia absorta em romper um fio solto numa das almofadas ao seu lado.

— Ah, tudo bem — ele disse.

— Cansado? — ela perguntou.
— Não muito — ele disse. — Por quê? Quer fazer alguma coisa esta noite?
— Não sei, a não ser que você queira — ela disse, com fervor. — O que você quiser.
— O que *você* quiser — ele a corrigiu.
O assunto acabou ali. Houve mais uma troca de sorrisos e ele praticamente pareceu sumir atrás do jornal.

A sra. Weldon também se voltou para seu jornal. Mas as notícias daquele dia não eram muito emocionantes — alguém tinha feito um discurso longo e chato, havia planos para a construção de um novo depósito de lixo e continuava o mistério sobre um crime cometido havia quatro dias. Ninguém que ela conhecesse havia morrido, noivado ou casado, nem mesmo sido nomeado para qualquer coisa. As fotos no caderno feminino mostravam a moda para as adolescentes. Os anúncios só tratavam de marcas de pão ou molhos, roupas masculinas ou ofertas de utensílios de cozinha. Pôs o jornal de lado.

Ficou imaginando como Ernest conseguia se distrair tanto com o jornal. Podia ficar imerso nele durante quase uma hora, depois pegar outro e ir até o fim das mesmas notícias, com um interesse absurdo. Ela gostaria de ser assim também. E gostaria ainda mais de pensar em alguma coisa para dizer. Olhou através da sala em busca de inspiração.

— Já viu meus narcisinhos? — ela disse, com súbita inspiração. Para qualquer outra pessoa, teria se referido a eles simplesmente como narcisos.

O sr. Weldon olhou em direção às flores.

— Mm-m-mm — murmurou, e voltou para seu jornal.

Ela olhou para ele e balançou a cabeça, acabrunhada. Mas ele, atrás do jornal, não percebeu isso, e nem ela notou que, na realidade, ele não estava lendo. Ele apenas esperava, com as mãos crispadas no jornal aberto até que os nós dos dedos ficassem azuis, pela sua próxima observação.

Não demorou muito.

— Adoro flores — ela disse, num dos seus pequenos ataques de confidências.

Seu marido não respondeu. Suspirou, relaxou um pouco e voltou ao jornal.

A sra. Weldon correu de novo os olhos pela sala em busca de inspiração.

— Ernie — ela disse. — Estou tão bem aqui, sentadinha. Não quer pegar para mim meu lencinho em cima do piano?

Ele se levantou no ato.

— Ora, claro — ele disse.

A maneira como certas pessoas nos pedem para pegar seus lencinhos — ele pensou, enquanto voltava para a poltrona — é para que a gente vá pegá-los logo, sem perder tempo pensando que estamos sendo alugados. Ou você vai e pega, ou diz logo que não vai, e aí a pessoa é que vai ter de pegar o maldito lenço.

— Muito agradecida — ela disse, com entusiasmo.

Délia apareceu na porta.

— Jantar na mesa — murmurou timidamente, como se não fossem palavras que uma jovem da sua idade devesse dizer, e desapareceu.

— Jantar! — exclamou a sra. Weldon, levantando-se.

— Só um minuto — disse a voz atrás do jornal.

A sra. Weldon esperou. Então seus lábios se comprimiram e ela, brincalhonamente, tirou o jornal das mãos de seu marido. Sorriu com carinho para ele e ele lhe sorriu de volta.

— Vá na frente — ele disse, levantando-se. — Daqui a pouco estarei lá. Tenho de tomar banho primeiro.

Ela olhou para ele e qualquer coisa como uma erupção vulcânica pareceu despejar lavas dentro dela. Imaginava que, por uma noite — uma única noite —, ele já teria tomado seu banho antes que o jantar estivesse na mesa. Uma noitinha só — não era pedir muito. Mas não disse nada. Deus sabe o quanto aquilo a feria, mas, afinal, não era motivo para fazer um escândalo.

Esperou-o, cheia de animação, educadamente abstendo-se de começar sua sopa, até que ele se sentou à mesa.

— Sopa de tomate, é? — disse.
— Sim — ela respondeu. — Você gosta, não?
— Quem... eu? — ele disse. — Ah, claro. Adoro.
Ela sorriu para ele.
— Eu sabia que você gostava — ela disse.
— E você também gosta, não é? — ele perguntou.
— Sem dúvida — ela disse. — Gosto demais. Sou louca por sopa de tomate.
— Sim — ele disse. — Não há nada melhor do que sopa de tomate numa noite fria.

Ela concordou.
— Também acho ótimo.
Tinham tomado sopa de tomate ao jantar não mais do que umas três vezes em sua vida de casados.

Terminada a sopa, Délia trouxe a carne.
— Parece ótima — disse o sr. Weldon, destrinchando-a. — Há tanto tempo que não comemos carne.

— Ora, comemos, sim — ela disse, ansiosa. — Comemos... deixe-me ver, qual foi aquela noite em que os Baileys estiveram aqui? E comemos carne quarta-feira também... não, foi na quinta. Não se lembra?

— Foi, é? — ele disse. — É, pode ter sido. Mas parece que foi há mais tempo.

A sra. Weldon sorriu por sorrir. Não conseguia pensar em nenhuma maneira de prolongar o assunto.

Sobre o que conversam, afinal, as pessoas casadas, quando

estão a sós? Já tinha visto casais casados — não daqueles dúbios, mas pessoas que você sabia que eram mesmo marido e mulher — no teatro ou no trem, conversando animadamente, como se tivessem acabado de se conhecer. Ela sempre os observava, maravilhada, imaginando que raio eles tinham tanto a dizer.

Ela conseguia falar bastante com outras pessoas. Parecia nunca haver tempo de sobra para que ela esgotasse o assunto com suas amigas. Ela se lembrava de como, um dia, tinha feito Alice Marshall ficar rouca de tanto rir. Homens e mulheres gostavam de conversar com ela; podia não ser brilhante, nem particularmente engraçada, mas era sempre divertida e agradável. Sempre tinha alguma coisa a dizer e nunca tinha de escarafunchar a memória para achar um tema. Tinha boa memória para fofocas ou historinhas de alguma celebridade sobre a qual tinha lido recentemente, e um certo jeito para contá-las. Coisas que as pessoas lhe diziam estimulavam-lhe respostas na ponta da língua, e mais histórias engraçadas. Não que aquelas fossem pessoas especialmente cintilantes, claro, mas eram as que falavam com ela.

O truque era este. Se ninguém fala com você, como você pode conduzir uma conversa com alguém? Interiormente, vivia amargamente furiosa com Ernest por não ajudá-la a brilhar.

Ernest, por sua vez, também parecia bastante falante quando estava com outros. As pessoas viviam encontrando a sra. Weldon e lhe dizendo como gostavam de conversar com seu marido e de como ele era tão engraçado. E não estavam sendo apenas educadas. Não havia motivo para que inventassem aquilo.

Mesmo quando ela e Ernest recebiam outro casal para jantar ou jogar bridge, ambos passavam a noite rindo e falando. Mas, assim que os convidados saíam, dizendo que noite deliciosa havia sido, e a porta se fechava, os Weldon se encaramujavam de novo, sem uma palavra a dizer ao outro. Teria sido uma coisa íntima e divertida, comentar sobre como se vestiam ou jogavam bem ou mal, ou sobre seus próprios assuntos domésticos ou financeiros, o que ela poderia reproduzir no dia seguinte, também com grande interesse, para Alice Marshall ou qualquer outra de suas amigas. Mas não conseguia fazer isto com Ernest. Assim que começava, descobria que não podia simplesmente nem começar.

Portanto, eles tiravam o pano verde, limpavam os cinzeiros e trombavam um contra o outro emitindo desculpas como "Oh, perdão" ou "Não, eu é que estava no caminho", e então Ernest dizia, "Bom, acho que vou para a cama", e ela respondia, "Tudo bem, ainda vou ficar aqui um minuto", e eles sorriam um para o outro e mais uma noite estava ganha — ou perdida.

Ela tentava se lembrar do que falavam antes de se casarem, quando ainda eram noivos. Parecia-lhe que nunca tinham tido muito o que falar um para o outro. Mas, então, isto não a aborrecia; para dizer a verdade, achava até que era a maneira certa, porque sempre ouvira dizer que o verdadeiro amor é aquele do qual não se fala muito. E, além disso, sempre havia um tufão de beijos e outras coisas para distraí-la. Mas aconteceu que o verdadeiro casamento era, pelo que parece, igualmente tão monótono. E não se pode depender de beijos e do que vem em seguida para atravessar longas noites depois de sete anos.

Às vezes se pensa que as pessoas se acostumam e que, em sete anos, se resignam ao fato de que é assim mesmo, e vão tocando a vida. Mas, não. Aquilo começa a lhes dar nos nervos. Não é um daqueles silêncios gostosos e cheios de calor que torna os dois ainda mais juntos. A agonia é tanta que você começa a achar que tem de fazer alguma coisa a respeito, como se não estivesse cumprindo suas obrigações. Tem-se a sensação de uma anfitriã que percebe que seus convidados preferem ficar jogados pelos cantos do que se misturar. Dá uma sensação de nervoso e consciência de culpa, que faz com que você fale desesperadamente a respeito de sopa de tomate e diga coisas como "narcisinhos".

A sra. Weldon procurou em sua cabeça alguma coisa para oferecer a seu marido. Bem, havia a nova dieta de Alice Marshall — não, aquilo era muito idiota. E havia um caso que ela tinha lido no jornal da manhã, a respeito de um velho de oitenta anos que tinha se casado, pela quarta vez, com uma garota de vinte — mas ele já devia ter lido isto e, se não achou que valia a pena falar-lhe do assunto, é porque devia achar também que não valia a pena ouvir a respeito. Havia também aquela frase do garoto dos Baileys a respeito de Jesus — não, esta ela já tinha contado na noite anterior.

Ela o observou comendo sua torta de ruibarbo, deixando cair restos sobre o queixo. Como ela gostaria que ele não tivesse besuntado seu cabelo com aquela coisa gordurosa. Talvez fosse preciso, porque seu cabelo estava caindo a um milhão de fios por minuto, mas ele poderia ter encontrado alguma solução mais atraente, se tivesse tido a consideração de procurar. Além disso, por que o seu cabelo deveria cair? Havia alguma coisa meio repugnante em pessoas cujo cabelo cai.

— Gostou da torta, Ernie? — ela perguntou vivamente.

— Hmmm? Não sei — ele respondeu, como se estivesse pensando no assunto. — Não sou tão louco assim por ruibarbo. Não sei. E você?

— Bem, também não subo pelas paredes por ruibarbo — ela disse. — Mas, enfim, não gosto muito de nenhuma espécie de torta.

— É mesmo? — ele perguntou, educadamente surpreso. — Gosto bastante de torta, de algumas espécies de torta.

— É mesmo? — Dessa vez, a educada surpresa foi dela.

— Ora, claro — ele disse. — Gosto de uma bela torta de

framboesas ou de uma bela torta de limão, ou... — Mas ele próprio desinteressou-se de sua lista e sua voz se dissolveu.

Ele desviou os olhos da mão esquerda dela, que jazia sobre a borda da mesa, com a palma para cima. Suas unhas longas esticavam-se para muito além das pontas dos dedos, e isso o incomodava. Por que, poxa, ela tinha de usar unhas tão compridas e ainda afiná-las nas extremidades? Se havia uma coisa que ele odiava era uma mulher com unhas pontudas.

Voltaram para a sala, e mais uma vez o sr. Weldon enfiou-se na poltrona, pegando o outro jornal.

— Tem certeza de que não quer fazer nada esta noite? — perguntou solícito. — Como ir ao cinema ou coisa assim?

— Oh, não — ela disse. — A não ser que seja alguma coisa que você queira fazer.

— Não, não — ele respondeu. — Só pensei que você talvez quisesse.

— Só se você quiser — ela disse.

Ele começou a ler o jornal e ela a andar sem rumo pela sala. Tinha se esquecido de pegar um livro novo na biblioteca e nunca lhe ocorrera abrir um livro que já tivesse lido. Pensou vagamente em jogar paciência, mas não estava tão animada para tirar as cartas da gaveta e dispô-las sobre a mesa. Tinha umas coisas para costurar e pensou até que, dali a pouco, iria ao quarto e terminaria aquela camisola que estava bordando. Boa ideia, iria fazer isso, dentro de instantes.

Ernest leria o jornal inteiro e, no meio do caminho, começaria a bocejar feito uivos. Algo acontecia à sra. Weldon quando ele fazia isto. Murmurava que tinha de falar com Délia e corria para a cozinha. Ficava lá bastante tempo, olhando vagamente para alguns potes e perguntando, sem muito interesse, por róis de roupa. Quando voltava à sala, ele já tinha ido escovar os dentes para dormir.

Em um ano, trezentas de suas noites passavam-se como esta. Sete vezes trezentas dão mais que duas mil.

A sra. Weldon foi ao quarto e pegou sua costura. Sentou-se, pôs a seda cor-de-rosa em seu colo e começou a bordar a parte de cima da camisola interminada. Era um trabalho complicado. Enfiar a linha na agulha e achar a outra ponta para puxá-la, sem conseguir ajustar a luz do abajur para impedir que a sombra de sua cabeça caísse sobre o trabalho. Às vezes, sentia-se um pouco mal, pela pressão em seus olhos.

O sr. Weldon virou uma página e uivou de novo.

— Wah-huh-huh-huh-huh — bocejava, em escala descendente. E aí bocejava de novo e finalmente subia as escadas.

IV

— Minha querida — disse a sra. Ames à sra. Marshall —, você não acha mesmo que deve haver outra mulher?

— Oh, nunca pensei que pudesse ser uma coisa destas — disse a sra. Marshall. — Não com Ernest Weldon. Tão devotado! — Em casa todas as noites às seis e meia, e tão boa companhia, e tão alegre. Não vejo nem como tivesse tempo!

— Às vezes — observou a sra. Ames — esses maridos tão alegres e devotados são justamente o tipo.

— Eu sei — disse a sra. Marshall. — Mas nunca Ernest Weldon. Ora, eu costumava dizer a Jim, "Nunca vi marido tão dedicado". Ora, Ernest Weldon com uma amante, nem pensar.

— Bem, não acredito que... — hesitou a sra. Ames — não acredito que... — hesitou de novo, espremendo uma casquinha de limão em seu chá com uma colherinha — que Grace... enfim, que houvesse outro ou qualquer coisa assim?

— Ora, pelo amor de Deus — exclamou a sra. Marshall. —

Grace Weldon deu sua vida inteira por aquele homem. Era Ernest isto e Ernest aquilo o tempo todo. Se houvesse *qualquer* motivo, se eles brigassem, ou Ernest bebesse, ou coisa parecida. Mas eles se davam tão lindamente juntos! Ora, parece que enlouqueceram para fazer o que fizeram. Puxa, nem posso lhe descrever como isto me deixou triste. É um horror!

— Realmente — disse a sra. Ames. — Que pena.

Fontes dos textos

A VALSA [The Waltz]. Publicado originalmente em *The New Yorker*, 2 set. 1933, e reunido em *After Such Pleasures* (Nova York: The Viking Press, 1933).

ARRANJO EM PRETO E BRANCO [Arrangement in Black and White]. Publicado originalmente em *The New Yorker*, 8 out. 1927, e reunido em *Laments for the Living* (Nova York: The Viking Press, 1930).

OS SEXOS [The Sexes]. Publicado originalmente em *The New Republic*, 13 jul. 1927, e reunido em *Laments for the Living* (Nova York: The Viking Press, 1930).

VOCÊ ESTAVA ÓTIMO [You Were Perfectly Fine]. Publicado originalmente em *The New Yorker*, 23 fev. 1929, e reunido em *Laments for the Living* (Nova York: The Viking Press, 1930).

O PADRÃO DE VIDA [The Standard of Living]. Publicado originalmente em *The New Yorker*, 20 set. 1941, e reunido em *The Portable Dorothy Parker* (Nova York: The Viking Press, 1944).

UM TELEFONEMA [A Telephone Call]. Publicado originalmente em *The Bookman*, jan. 1928, e reunido em *Laments for the Living* (Nova York: The Viking Press, 1930).

PRIMO LARRY [Cousin Larry]. Publicado originalmente em *The New Yorker*, 30 jun. 1934, e reunido em *The Portable Dorothy Parker* (Nova York: The Viking Press, 1944).

E AQUI ESTAMOS! [Here We Are]. Publicado originalmente em *Cosmopolitan*, 31 mar. 1931, e reunido em *After Such Pleasures* (Nova York: The Viking Press, 1933).

DIÁRIO DE UMA DONDOCA DE NOVA YORK [From the Diary of a New York Lady]. Publicado originalmente em *The New Yorker*, 25 mar. 1933, e reunido em *After Such Pleasures* (Nova York: The Viking Press, 1933).

BIG LOURA [Big Blonde]. Publicado originalmente em *The Bookman*, fev. 1929, e reunido em *Laments for the Living* (Nova York: The Viking Press, 1930).

O ÚLTIMO CHÁ [The Last Tea]. Publicado originalmente em *The New Yorker*, 11 set. 1926, e reunido em *Laments for the Living* (Nova York: The Viking Press, 1930).

NOVA YORK CHAMANDO DETROIT [New York to Detroit]. Publicado originalmente em *Vanity Fair*, out. 1928, e reunido em *Laments for the Living* (Nova York: The Viking Press, 1930).

SÓ MAIS UMA [Just a Little One]. Publicado originalmente em *The New Yorker*, 12 maio 1928, e reunido em *Laments for the Living* (Nova York: The Viking Press, 1930).

A VISITA DA VERDADE [Lady with a Lamp]. Publicado originalmente em *Harper's Bazaar*, abr. 1932, e reunido em *After Such Pleasures* (Nova York: The Viking Press, 1933).

DE NOITE, NA CAMA [The Little Hours]. Publicado originalmente em *The New Yorker*, 19 ago. 1933, e reunido em *After Such Pleasures* (Nova York: The Viking Press, 1933).

EM FUNÇÃO DAS VISITAS [I Live on Your Visits]. Publicado originalmente em *The New Yorker*, 15 jan. 1955, e reunido em *The Portable Dorothy Parker* (Nova York: The Viking Press, 1973; ed. rev. e ampliada, com nova introdução de Brendan Gill).

AS BRUMAS ANTES DOS FOGOS [Dusk before Fireworks]. Publicado originalmente em *Harper's Bazaar*, set. 1932, e reunido em *After Such Pleasures* (Nova York: The Viking Press, 1933).

CORAÇÃO EM CREME [The Custard Heart]. Publicado originalmente em *Here Lies: The Collected Stories of Dorothy Parker* (Nova York: The Viking Press, 1939).

SOLDADOS DA REPÚBLICA [Soldiers of the Republic]. Publicado originalmente em *The New Yorker*, 5 fev. 1938, e reunido em *Here Lies: The Collected Stories of Dorothy Parker* (Nova York: The Viking Press, 1939).

QUE PENA [Too Bad]. Publicado originalmente na revista *Smart Set*, jul. 1923, e reunido em *After Such Pleasures* (Nova York: The Viking Press, 1933).

Sugestões de leitura

The Portable Dorothy Parker. Nova York: Viking Modern Library, 1972.
Complete Stories. Nova York: Penguin Classics, 2003.
Not Much Fun: The Lost Poems of Dorothy Parker. Nova York: Scribner, 2009.

DRENNON, Robert E. (Ed.). *Wit's End*. Londres: Frewin, 1973.
GILL, Brendan. *Here at The New Yorker*. Nova York: Random House, 1975.
FITZPATRICK, Kevin C. (Ed.). *A Journey into Dorothy Parker's New York*. Berkeley: ArtPlace Series, 2005.
_____. *Dorothy Parker: The Complete Broadway 1918-1923*. Bloomington: iUniverse, 2014.
MEADE, Marion. *What Fresh Hell Is This? A Biography*. Londres: Heinemann, 1987.
_____. *Bobbed Hair and Bathtub Gin*. Nova York: Harcourt, 2004.

1ª Edição [1987] 3 reimpressões
2ª Edição [1995]
3ª Edição [2024]

ESTA OBRA FOI COMPOSTA PELO ESTÚDIO O.L.M./ FLAVIO PERALTA EM ELECTRA
E IMPRESSA EM OFSETE PELA GRÁFICA PAYM SOBRE PAPEL PÓLEN NATURAL
DA SUZANO S.A. PARA A EDITORA SCHWARCZ EM MAIO DE 2024

A marca FSC® é a garantia de que a madeira utilizada na fabricação do papel deste livro provém de florestas que foram gerenciadas de maneira ambientalmente correta, socialmente justa e economicamente viável, além de outras fontes de origem controlada.